나의 아날로그에게

문학공방

밤이 깊어지면 생각나는 이름이 있다

구역질 나는 그날의 잔상에는 꼭 내가 울고 있었다. 가로등 불빛이 비치는 콘크리트 벽에 등을 기대 눈물을 닦았다. 뭐가 그렇게 슬프고 서러웠던지. 그땐 그만한 이유가 있었는데, 시간이 흐른 지금은 아주 얕아지고 희미해졌다.

아마도 그 사람 때문에 울었던 것 같다. 여러 가지 이유가 있었을 텐데, 나는 이상하게도 그 사람 때문에 우는 날들이 많았다. 미워서도, 잘못해서도 아니다. 내가 속상해서 그랬다.

그날은 술자리가 오래갔다. 포차에서 술주정을 부리는 사람을 피해 음식물 쓰레기 쌓인 전봇대 밑으로 왔다. 날파리 끓는 자리에서 위액만 게워낸 채 혼잣말하며 울었다. 나쁜 새끼.

그 후로 기억이 나지 않는다. 그와는 자연스럽게 멀어졌다. 다른 여자가 생겼는지는 묻지 않았다. 아니, 물었던가? 그는 대충 얼버무렸던 것 같다.

행복하게 잘 살라고 뱉었지만, 사실 그 말은 그에게 하는 말이 아니라 나에게 하는 말이었다. 당신 없어도 잘 살겠다는, 일종의 다짐 같은 것이다. 그는 그 뜻을 알아먹었던지, 너도, 라고 대답했다. 그 말 한마디가 이상하게 참 고맙고 뜨거웠다.

한때는 그 사람을 사랑했고, 평생을 함께하고 싶었다. 그래서 놓치지 않겠단 욕심까지 부렸건만, 지금은 왜 그렇게까지 그 사람에게 집착했는지 잘 모르겠다. 지금 생각해보면 그 사람도 다른 여느 사람들과 다를 바가 없었는데 말이다.

내가 먼저 사랑한다고 말했지만, 항상 나는 그 사람에게 사랑한다는 말을 먼저 듣고 싶어 했다. 어디를 떠난다고 하면 가지 말라고 붙잡고 싶었다. 그러나 헤어질 때 즈음 나는 그러지 않았다. 혼자 울고, 혼자 가슴 아파하고, 혼자 덮었다.

그때보다 연애에 무뎌졌지만, 가끔은 그날의 감정이 그

립다. 그 사람이 그리운 것이 아니라, 어떤 한 사람이
좋아 죽던 그때의 내 마음이 그립다.

 그 사람은 잘 지내고 있으려나. 이따금 나는, 뜨거운
나를 게워내게 한 그 사람의 안부가 궁금하다.

 잘 지내는지, 밥은 잘 먹는지, 그리고 가끔 그 옛날의
우리를 회상하는지.

 이 책은 13월로 기록돼있다.

 한때 뜨거웠던 지난 사랑에게, 그리고 이 글 속에 투영
한 세상의 모든 '나'에게 이 책을 바친다.

차례

연애

웅성거리는 행성 사이를 빛처럼 달려왔다
우주에서 우주로, 행성에서 행성으로
내가 닿고 싶었던 푸른 빛은
너라는 이름의 행성이었다

그날 하루는 그랬다.

유난히 해가 짧은 것 같던 하루, 아마도 너와 함께여서 그랬나보다. 그렇게 해가 뒤집히고 달이 떴다. 내 마음도 그렇게 뒤집혔다. 해가 지배했던 시간엔 아무렇지 않았다. 그러나 밤이 온 지금, 네게 아무렇지 않다 말할 수 있을까.

밤이면 가둬놓은 진심은 튀어나오고 싶어 했다. 어둠이 덧댈수록, 별빛이 또렷해질수록 그리움도 더욱더 짙어졌다.

그 밤이, 불투명한 내 마음을 뒤흔든다.

어쩌면 너도 날 좋아하지 않을까?

핸드폰을 몇 번이고 들었다 놨다 한다. 진심과 착각 사이에서 갈등한다. 너에게 나는 뭘까? 꼬리에 꼬리를 무는 질문은 동그란 원형을 그린다. 결국 내 모자란 판단은 모호한 서술형 답을 쓴다. '우리는 만난다' 그 외 부정적인 답은 별로 생각하고 싶지 않다.

___

아름답고도 아픈, 연애

조용히 네 이름을 뱉어본다. 온 우주가 또렷하게 제빛을 내는 밤, 난 내 마음 하나 명확하게 비추기 힘들다.

오늘 잡지 못했던 네 손을 붙잡고, 네 얼굴을 만지고, 가녀린 어깨를 감싸 안고, 입술을 맞닿고 싶다. 불끈 쥔 두 주먹에 긴장이 풀어진다.

곧 먹구름 같은 어둠이 용기를 잠식하면, 난 혹시나 널 잃을지도 모른다는 걱정에 잠 못 이룰 것이다. 애꿎은 핸드폰만 뜨겁게 그러쥔다. 친구면 어떤가, 네 곁에 있다는 것만으로도 나는 만족한다. 오늘 밤만 지나면, 확신에 찬 이 애매한 답을 지울 수 있다.

그렇게 또, 널 만날 아침을 기다린다.

마지막.
조용히 네 이름을 부른다.

아름답고도 아픈, 연애

　얼굴을 마주하고 있는 것만으로도 심장이 부서질 것만 같다. 가슴이 아파서 제대로 네 얼굴을 바라볼 수 없다. 만나자마자 입을 맞추었다. 마치 그러기로 약속이라도 한 듯이, 수많은 인파 사이에서 입술을 섞고 서로의 허리를 껴안았다. 그마저도 하지 않으면 너는 다시 왔던 길을 따라 떠나 버릴 것 같았다.

　보고 싶었다. 밤마다 네가 그리워 눈물지으면서도, 난 단 한 번도 너를 찾아갈 생각을 하지 못했다. 떳떳하지 못하다는 이유가 애벌레처럼 긴 시간을 갉아먹었다. 그만큼 내 마음도 편협해졌다. 네가 없는 새벽이 공허했으나, 텅 빈 그만큼 네가 그리웠다. 나의 일상이라고 할 수 있는 것들은, 원래 그렇게 해야만 했던 듯 네 생각만 바지런히 했다.
　꼭 잡은 네 손은 뜨겁고 축축했다. 그것마저도 좋던 시간이었다. 어떻게 살았는지, 무엇을 하며 지냈는지, 그리고 앞으로 어떻게 살아갈 생각인지 말했다. 가슴에 억눌러왔던 감정을 단 한 문장에 담아내기가 벅찼다. 터뜨리듯 내뱉는 말들에 감정이 북받쳐 올랐다. 네 입술을 훔치며, 그간 긴 기다림이 갉아 먹었던 마음을 조금씩 채워갔다.

이제 가야겠다.

곧 막차 시간이 다가왔다. 너는 아쉬운 얼굴로 나를 바라보았다. *가지 마.* 턱 밑까지 찬 그 말을 내뱉지 못해 속상했다. 기차가 천천히 섰다. 등을 보인 네 모습이 보였다. *가지 마.* 또 한 번 튀어나온 마음은, 무섭고 두려웠다. 이 기차를 타면 너는 정말 다시 돌아오지 않을 것 같았다.

공허한 새벽을 걷는 날들이 어쩌면 너란 별을 잃어가는 시간이 아닐까 두려웠던 나는,

결국 네 손을 낚아챘다.

무작정 밤길을 걸었다. 단둘이 걷는 길, 빛이 부서지는 야경, 눈물 맺힌 너의 두 눈이 보였다.

우리는 사랑에 빠지면 모든 시간에 어두워진다.

그러나 한 치 앞도 볼 수 없는 어두운 나의 밤에 넌 오롯한 별빛 같다. 언제나 반짝이며 제 자리에서 나를 바라볼

것 같다. 오직 너 하나만 보인다. 우수에 찬 두 눈, 갈 곳 잃은 시선이 맞부딪힌다. 우리의 숨소리는 그렇게 서로의 빈틈을 채우며, 또다시 입술을 비볐다.

가지 마.

조용히 네 이름을 부른다. 네가 나를 본다. *가지 마.* 네 몸을 껴안고 운다. 이러면 네가 도망치지 않을 것 같다. 내 옆에만 있어 줄 것 같다. 막차를 타고 떠나지 않을 것 같다.

13월
/
03일

당신을 만나러 가는 길
휘파람으로 표현하는 기분
휘이, 휘
허밍처럼 가볍게 날아가고 싶어요

오늘은 당신의 새벽을 덮고 잠에 들래요
당신도 나를 기다려줬으면 좋겠어요

　　　　　　　　아름답고도 아픈, 연애

당신과 함께하는 새벽을
그 어느 때보다 따뜻하겠죠?

내가 멜로를 좋아하는 이유는 묘한 긴장감 때문이었다. 첫 키스를 고대했던 이유도 이 때문이다. 네가 "첫 키스는 '다큐'야"라고 말할 때 나는 홀로 '멜로'를 외쳤다. 너는 날 보고 이상주의자라고 했다.

내가 상상했던 첫 키스는 '초여름'이었다. 수풀 사이로 보일 듯 말듯 얼굴을 감추다가 은밀하게 나누는 키스, 농밀한 촉감을 즐기며 입술을 비볐다 떼었다 붙였다 하는 키스, 입가에 수줍은 미소를 묻혀가며 장난스럽게 콧등을 부딪치는 키스…. 나의 첫 키스는 수줍고 달콤한 모습이었다.

그러나 나의 첫 키스는 오랜 바람과는 달리 초겨울에 벌어졌다. 내 입술이 너의 뺨에 닿은 직후였다.

모든 계획이 꼬이고 말았다. 여름날 매미 소리에 휩싸인 비밀의 숲 속도, 입술을 비비며 뜨겁게 나누는 혀끝의 촉감도 아니었다. 단지 겨울바람에 조금 거칠어진 너의 한

쪽 뺨에 내 입술이 붙었다 떼어졌을 뿐이었다.

덕분에 머릿속이 새하얘졌지만, 나는 애써 덤덤한 척 길을 걸었다. 두 눈을 동그랗게 떴던 너도 말없이 걸었다. 그렇게 했다. 서로 약속이라도 한 듯이 침착한 척했지만, 내 심장은 여름날 열사병에 걸린 것처럼 울렁거렸다.

앙상한 나뭇가지 사이로 학생들이 듬성듬성 보였다. 학교는 기말시험을 끝으로 종강했다. 멀지 않은 곳에 도서관이 보였다. 서너 명의 사람들이 도서관 입구에 서 있었다. 쭈뼛해진 나는 괜히 어색하게 웃었다.

그때, 네 얼굴이 불쑥 내 얼굴로 다가왔다.

빙판길에 넘어지듯 네 입술과 내 입술에 부딪혔다. 나는 그대로 얼어버렸다. 걸을 수 없었다. 덤덤한 척할 수도, 태연하게 헛기침을 할 수도 없었다. 표정이 어떻게 됐을지 감히 상상조차 되지 않았다. 시선을 도서관으로 흘렸다. 도서관 입구에서 서너 명의 사람들이 서로 대화를 나누고 있었다. 그리고 나는 다시 네 얼굴로 시선을 옮겼다.

 너의 반쯤 풀린 눈빛이 나와 부딪히는 순간 나는 제대로 서 있지 못했다.

 결국, 우리는 홀린 듯 입술을 포갰다.

 세상의 소리가 들리지 않는다.

 바람 소리, 사람들의 말소리, 낙엽이 굴러가는 소리 따위가 점점 죽어 없어지기 시작한다.

 입술이 엉겨 붙는다.

 부드럽고 따뜻하다.

 부드러움에 빨려 들어간다.

 느낌. 느낌이라는 것을 느낄 수 없다.

 촉감, 촉감이라는 것을 알 수 없다.

 이 순간 너와 나는 지구가 아닌 다른 세계에 떨어져

 오롯한 우리의 세계에 멈춰있을 뿐이다.

 머릿속이 아득해지고,

 귀가 먹먹해지고,

 심장이 방망이질하듯 마구 뛴다.

 키스에 집중하지만, 온전히 집중하지 못한다.

 너와 나의 시간이 블랙홀에 빨려 들어간다.

 시공간의 초월, 소리의 소멸, 아득해지는 정신….

아름답고도 아픈, 연애

입술을 뗐다. 천천히 눈을 뜨고, 너의 눈을 봤다. 살짝 풀린 눈, 달아 오른뺨. 그것이 퍽 쑥스러워 고개를 돌려 버리고 말았다. 그때야 어색하게 웃으며 주변을 둘러봤다. 도서관 입구에 서 있던 서너 명의 수다쟁이들이 어디로 갔는지 사라졌다. 캠퍼스에는 여전히 몇몇 소수가 거닐고 있었고, 앙상한 나뭇가지 사이에는 너와 내가 어색하게 마주 서 있었다.

멜로다.

네가 나지막이 말했다.

비에 대한 환상이 있었다.

긴 장마가 오면, 네가 우산을 쓰고 길 건너편에서 나를 기다리고 있을 것만 같았다. 그래서 네가 오지 않을 거라는 사실을 알면서도 무던히, 장마가 오기만을 기다렸는지도 모른다.

창문을 뒤덮은 암막 커튼을 젖힌다. 자욱한 안개가 보인다. 건물 틈 사이사이 안개가 빽빽하게 들어찼다.

오늘도 비가 내리지 않았다. '혹시' 하는 마음으로 우산을 들었다가, 도로 우산꽂이에 뒀다.

외투를 턱밑까지 끌어올렸다. 안개인 줄 알았는데, 얕은 비가 내리고 있었다. 머리와 어깨가 젖는 줄도 모르고 걷다, 축축해진 앞머리를 쓸어 올렸다.

비에 대한 환상이 있었다.

아름답고도 아픈, 연애

네가 빗줄기 너머로 내게 걸어오는 상상을, 머릿속에서 수도 없이 떠올렸던 날들.

지난 잔상들이, 내리는 안개비에 뒤섞였다. 왠지 저 안개 너머 걸어오는 사람이 너인 것 같다. 지나간다. 아니다. 낯선 이의 실루엣을 너로 착각할 만큼, 우리의 시간도 많이 낡았다.

그때 마주 오던 두 다리가 내 앞에 멈춰 섰다.

비에 대한 환상이 있었다.

"미안해, 많이 기다렸지?"
네가 내 앞으로 걸어 나온 순간
환상도, 그리움도, 애증도
비가 오는 것처럼 주르륵 흘러내렸다.

하루 끝에 매달려 있었던 건, 당신을 향한 내 눈빛이었어요. 당신이 나아질 때까지 곁에 있겠다고 약속했지만, 당신은 하루에도 수십 번씩 나를 죽였죠.

날카로운 당신의 말들에 수천 번도 넘게 찔려 죽었다가, 당신의 잔잔한 미소 하나면 되살아나곤 했어요. 당신을 믿는 마음 하나로 하루하루 견뎌온 거예요. 하지만 오래 버티지 못할 것 같아요. 바람에 낭떠러지로 떨어지는 야생화처럼, 내 마음도 언젠가 낙화할지도 모르죠.

눈물로 꽃의 기분을 대신했던 새벽은, 하루를 거듭할수록 차가워졌어요. 어제는 유난히도 추웠죠. 당신의 우울함이 오로라처럼 요동치고, 내 마음은 눈물을 흘리는 대신 깊은 바다에 떨어져 헤엄을 쳤어요.

단단한 얼음 바닥 밑으로 내려갔죠. 감정이 무뎌진 마음으로 새벽을 보냈어요.

'다음날이 밝으면 헤어지자고 말하자. 이대론 내가 부서

질 것 같아.' 저는 우리 이야기에 슬픈 결말을 지으려 했
어요.

 애석한 것은 다음 날 당신의 얼굴을 마주하는 일이었어
요. 우울에 빠진 당신을, 내가 싫다고 밀어내는 당신을,
좋아한다는 표현 한 번 비추지 않는 당신을 보고도 나는,
그런 당신을 참 좋더라구요. 당신이 세상이 밉다고 밀어
내고, 매번 죽고 싶다고 소리쳐도, 저는 그런 당신이 안
타까워 떠날 수가 없겠더라구요. *내가 떠나면 이 사람 곁
엔 누가 남을까.* 그런 생각들로 쉽게 당신 곁을 떠날 수
가 없어요.

무서워요. 내가 당신을 포기하면 어쩌나.
 저 많이 사랑하죠?
 사랑한다는 대답 한마디면, 힘들었던 거 다 지워버릴 수
있을 텐데….

아름답고도 아픈, 연애   29

긴 하루였죠

찬기가 어둠처럼 깔린 시간

그 위에 따뜻한 심장을 품고 있어야 한다는 건

참으로 어려운 일이었어요

당신은 나에게 깨어있으라고 했지만

나는 자꾸만 잠들고 싶었어요

어쩌면 나는

춥고 답답한 줄 알면서도

용기가 없었는지도 몰라요

알아요, 참 바보 같은 거

깨어 살 줄 모르는 나는 아무래도

인생이 어떻게 흘러가든 상관이 없나 보죠

그런 내게 먼저 문을 두드린 건 당신이었어요.

 당신은 내 영혼이 죽지 않았다고 했죠. 겨울 같은 우울
이 깨진 건, 당신이란 꽃이 피어나면서부터였어요. 당신
은 나의 거친 투정에도 야생화처럼 웃으며 꿈을 이야기
했죠. 한없이 낮은 곳에 있던 나를, 완전히 죽지 않기 위
해 겨우 숨만 들이쉬던 나를, 하루 살아내면 다행이라고
여기면서 살았던 나를, 당신은 그런 나를 대단한 사람처
럼 말해줬어요.

 처음엔 당신이 어리석은 줄 알았는데, 다시 보니 정말
어리석은 사람은 나였더군요.

 내 열정이, 사랑이, 가슴이 다시 뛸 수 있게 만들어 줘서
고마워요. 이런 내가 당신의 과분한 사랑을 받아도 될까요.

내 곁에 와 줘서 고마워요.
고마운 사람, 아름다운 내 사람.

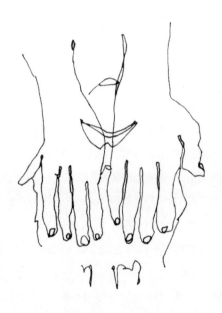

하얀 거짓말을

전혀 아름답지 안내요.

상처만 남길 뿐이니까.

아름답고도 아픈, 연애

요즘 당신은 안개 같아요.
내가 당신을 오해하게 만들고, 흐리게 보게 하죠.

조금 더 적극적으로, 당신의 마음을 보여주세요.

나를 위해 사랑한다고 말하지 말고
당신의 마음이 나를 향하고 있다고 말해주세요.

그게 아니라면 지금 이 자리에서 말해주세요.

앞으로 더 많은 시간 동안 당신에게 미운 사람으로 비치
기 싫으니까요.

아름답고도 아픈, 연애

가끔 넌

한여름의 아지랭이 같다.

피할 수 없는 한여름 뙤약볕 같다.

아지랑이처럼 피어올라 내 눈앞에 아른거리는 넌, 어쩌면 이렇게도 뜨거운 걸까. 너를 볼 때마다 가슴이 얼얼해지는 게 이상하다. 내가 널 많이 좋아하나 보다.

덥다.
네 꿈을 꾸는 밤이면, 너무 더워서 잠 못 이룰 때가 있다.

13월
/
10일

 당신의 마음이 밤이 될 때면, 나는 내 마음에 작은 촛불을 켜요.
 그 자그마한 불빛은 어둠에 강해서, 영롱하고 찬란한 빛을 내죠.

 울지 말아요. 밤이 무섭다고, 주위에 아무도 없다고 슬퍼하지 말아요. 내게 와요. 당신이 찾는 작은 불빛을 켜놓고, 당신이 오기만을 애타게 기다리고 있어요.

 나의 정원으로 와요. 몸을 흔드는 귀여운 희망을 만질 수도 있고, 웅크려 있는 외로움에게 말을 걸 수도 있어요. 내가 당신을 행복하게 해줄게요.

 자, 이리와 내 품에 안겨요.
 당신의 어둠을 내 마음으로 환히 밝혀줄게요.

아름답고도 아픈, 연애

가끔은 나에게
생각을 말대로 대요.

아름답고도 아픈, 연애

당신이 말했다.

"헤어지자."

이 사랑을 잃고 싶지 않았던 나는 당신을 붙잡고 '부디 한 달의 시간을 달라'고 애원했다. 그렇게 약속했던 한 달은 참 빠르게도 흘렀다.

그 야속한 시간은, 내 가슴을 몇 번이나 할퀴고 찢어놓았다. 당신은 생각처럼 내게 마음을 열지 않았다. *내가, 이대로, 마음이, 크지, 않으면, 어떡해?* 당신은 그 문장을 조각조각 찢어 하루에 하나씩 내 가슴에 던졌다.

처음엔 화가 났다. 그까짓 마음, 그냥 열어 보이면 어떻다고. 전 사람에게 상처를 받아서, 다시는 연애하고 싶지 않아서, 인간관계에 질려버려서, 당신의 핑계는 셀 수도 없이 많아 그때마다 내 자존심을 짓이기고 뭉갰다.

"단 한 번도 내가 보고 싶었던 적 없었어?"

언젠가 당신에게 조심스럽게 물었다.

당신은 내게 상처를 준 일을 알까? 내가 무척이나 힘들어했다는 걸, 당신의 마음을 간절히 바라고 있었다는 걸, 당신은 정말 알고 있을까. 나는 내게 상처 준 것을 당신이 후회하고 미안해하기를 바랐다. 그러나 그것은 나의 오만이었다.

끝내 당신은 내가 보고 싶었다고도, 보고 싶지 않았다고도 말하지 않았다.

당신은 솔직하지 못한 사람이었다.

한 달 동안 조금이라도 마음이 흔들렸다면, 당신은 말했어야 했다. 사실은 보고 싶었다고. 많지는 않았지만, 흔들린 적이 있었다고.

"단 한 번도 내가 보고 싶었던 적 없었어?"

당신의 침묵은 내 물음을 조각조각 찢었다. 당신이 입술을 굳게 다문 이후부터, 당신이 시선을 아래로 내리며 금방이라도 무너질 것 같은 표정을 지은 다음부터, 나는 천천히 깨달았다.

당신은 단 한 번도 내게 흔들린 적이 없었다는 걸.

나는 다만 그 사실을 인정하고 싶지 않아서 스스로 혼란

스러워해야만 했다.

 건방지게도 나는 한 달여의 시간 동안 당신의 마음을 되돌릴 수 있을 거라고 자신했다. 그러나 내게 일 년의 시간이 주어진대도, 당신의 마음은 되돌릴 수 없는 것이었다.

 그래. 나의 오만이었다.

 이제 당신의 마음을 욕심내지 않으련다.
 당신의 마음이 진심이 아니었대도, 그저 미안해서 내 곁에 있는 것이라 해도 상관없다.
 나를 사랑하지 않아도 괜찮다.
 그저 내 곁에 있어 주기만 하면 된다.

 맞다.
 애초에 당신의 마음 따위는
 중요하지 않았다.

어느 날 내가 당신에게 말하겠지
"헤어지자"
떠나길 바라는 마음으로
버티다 쓰러지길 바라는 마음으로

- 억지 연애

누구도 만나고 싶지 않다는 나의 확신과
부디 마음을 열어주길 바라는 당신의 바람이
애처롭게 두 몸을 뒹군다

어쩌면 당신은 우리가
눈물로 서로를 닦아줄 그 날을
기다리고 있는지도 모른다

"왜 그래, 우리 잘 지내 왔잖아"

애써 웃으며 말하는 당신의 마음은
상처로 인한 고통과
날 사랑하게 돼버린 후회와
조금이라도 내 마음이 열리길 바라는 간절함으로
얼룩져있다

어느 날 당신이 내게 묻겠지

"단 한 번도 내가 보고 싶었던 적 없었어?"

그때야 당신은 비로소
영원할 것 같던, 이 슬픈 여행을
끝낼 수 있을 것이다

아름답고도 아픈, 연애

13월
/
13일

"힘들지? 한잔하자."

당신이 내게 취하기를 바랐다. 굳게 닫은 마음의 문을
나에게만은 열길 바랐다.

힘들었겠다, 아팠겠다, 그런 말들은 속이 비어있는 위로
라는 사실을 알았다. 그러나 그런 말들 말고는 당신의 마
음에 노크할 수 있는 것들이 없었다. 괜찮다고 말하는 당
신의 마음이 연약한 벽이었으면 했다. 그럼 속이 빈 공이
라도 차서 당신의 마음을 허물 수 있었을 테니까.

당신의 마음이 공허하다는 사실도, 누군가를 간절히 갈
망하고 있다는 사실도 알고 있었다. 그러나 당신은 좀체
그 마음을 열지 못했다. 내게 단도직입적으로 "넌 아니
야"라고 말하지도 않았다. 그것을 애매한 관계라고 정해
버리기에도 어정쩡했다. 그렇다. 당신은 날 사랑하지 않
았음에도, 밤이면 나를 찾았다.

막연하게 당신을 기다리고 있기에는, 당신의 벽은 생각

보다 높고 단단했다. 무엇으로도 허물 수 없는 거대한 장벽이었다.

나는 그 벽에 기대 당신과 내가 함께 웃는 모습을 종종 상상하곤 했다. *내가 당신의 마음에 들어가면 어떨까? 그건 정말이지 눈물 날 만큼 감동적인 일이 아닐까? 내가 당신의 그 '무언가'가, '누군가'가 돼 줄 수 있는데. 내게 조금만이라도 마음을 열어 준다면 좋겠는데….* 당신은 끝내 나를 허락하지 않았다.

길고 긴 인내는 들이켜는 술맛만큼 쓰다. 하지만 쓴맛은 그 뒤에 오는 기분 좋은 취기로 이겨낼 수 있다. 쓰디쓴 기다림이 당신을 향한 길이기를, 당신이 내게 취하기를, 기분 좋은 취기가 당신과 나의 연결이기를,

"힘들어? 나한테 기대."

나는 간절히도 그 순간만을 기다리고 있다.

13월
 /
14일

내가 사는 시계를 뒤집어 놓은 당신의 시계는
때론 우리 사이를 멀게도, 가깝게도 만들었다
멀기 때문에 괜찮았다가
멀기 때문에 괜찮지 않았다

나의 세계를 종이학으로 접어
당신 곁에 보낼 수 있다면 얼마나 좋을까

"오늘은 거기 있어, 내가 갈게."
"아냐, 내가 가고 싶어."
"우리가 지금 함께 있으면 얼마나 좋을까."

무너뜨릴 수 없는 서로의 세계에서
보이지 않는 선에 애처롭게 매달린다
전화 너머 떨리는 목소리에 온몸의 세포가 집중한다

아름답고도 아픈, 연애

이것 말곤 달리 붙잡을 게 없어서 애가 타고
이러다 헤어질까 불안감에 휩싸이고
그렇게 지쳐가게 될지도 모른다

우리 사이에 확신이 있다면
비틀어 놓인 서로의 세계도 장애가 되지 않겠지

별이 뜨면 누군가는 그리움에 사무치고
해가 뜨면 누군가는 일상에 덮여 산다

우리의 선은 언제쯤 옅어질 수 있을까
먼 세계의 터널을 뚫어
서로의 몸과 마음을 가까이서 어루만져줄 날이
금방 오기를 간절히 바랄 뿐이다

 어스름하게 내리는 작은 불빛을 등지고 누운 너는 불빛
으로부터 나를 지키기 위한 건지 검게 그늘진 얼굴로 나
를 내려다보았다. 빛에 어른거리는 그 어렴풋한 실루엣
은 어느 신혼부부의 느낌을 흉내 낸 듯 다정하고 따뜻했
다. 보일 듯 말 듯 살짝 드러난 네 턱선과 두 눈을 보고
나는 순간 울음을 터뜨렸다. 네 눈빛은 말로 표현할 수
없을 만큼 벅찼다.

 너는 이대로 시간이 멈춰버렸으면 좋겠다고 했다. 아침
이 밝아 이 침대 밖을 벗어나는 일 없이, 우리의 온기를
지키고 싶다고 했다. 종일 내 얼굴을 보고 싶다고 했다.
나는 그 마음이 예쁘고 고마워서 그리고 너무 행복해서
울었다. 우는 모습도 예쁘다며 웃는 너를 보고 또 얄미워
서 쓱 눈물을 닦았다.

 푸르고 차가운 새벽에 내 마음은 뜨거운 여름을 품어 식
지 않는 열대야가 되었다.

　　　　　　　　　　　아름답고도 아픈, 연애

내일 아침이 밝지 않았으면 좋겠고
어둑한 밤이면 늘 네 곁에 누워있으면 좋겠고
네가 내 어깨를 감싸 안아줬으면 좋겠다

우리가 함께 아침을 맞이한 날이면
너는 이부자리에서 일어나 내 뺨에 키스하고
헝클어진 머리를 빗으며 문밖을 나설 테고

나는 아직 깨지 않은 척 두 눈을 감았다가
멀어지는 네 뒷모습을 보며
여전히 뜨거운 마음을 안을 것이다

그렇게
가슴에 식지 않은 밤을 품으며
네가 올 시간만을 기다릴 것이다

———————————————————————

오후 4시의 상상력은 위대하다.

노을에 젖은 붉은 두 눈은 입술을 끌어당기게 만든다.
하얀 찻잔에 비친 커피에 그의 날렵한 콧대가 비치면, 그
의 얼굴을 붙잡고 노을에 비친 붉은 눈빛을 바라보고 싶
다. 당신이 입술을 달싹이며 날 쳐다보면, 나는 당신의
입술을 훔치고 싶어 안달이 난다. 주변의 시선은 신경 쓸
필요가 없다. 이 공간에 있는 당신의 모습을 서둘러 두
눈에 담아야만 한다. 해가 저물기 전에, 꿈에서 깨어나기
전에, 우리가 헤어지기 전에.

달큰한 낮잠에서 깨어나면 주변은 조금 허전한 카페를
비춘다. 내 앞에 앉아있던 그는 사라지고, 나 홀로 식은
커피잔 앞에 멍하니 앉아있다.

오후 4시, 테라스, 하얀 커피잔. 내일도 당신은 램프의
지니처럼 내 앞에 나타나 미소 지을까?

아름답고도 아픈, 연애

마지막 남은 커피 한 모금을 삼키며 맞은편 의자를 바라본다. 저기에 커피잔 하나만 있으면 좋겠다고, 아니, 그 잔을 든 그가 있었으면 좋겠다고 생각한다. 오후 4시를 나 홀로 보내는 것은 초라하지만, 상상 속 당신을 끼워 맞추면 참 아름답다. 당신을 그리워하고, 당신을 생각하고, 당신을 되뇌며 한 모금 삼키는 오후 4시의 커피를 좋아한다.

 노트와 책을 끌어안고 일어난다. 왠지 따뜻한 것만 같은 내 맞은편 자리는, 아마도 꿈결의 당신이 데워놓고 간 것일까.

철썩거리며 밀려드는 당신을
막을 수 있는 건 아무것도 없네
바닷바람을 타고 유유히 비행하는 새들도
모래를 한 움큼 훔쳐 성을 짓는 아이들도
당신을 되돌려 보내지 못하네

먼 곳에서부터
낭만적인 큰 배로부터였든
심해를 헤집고 다니는 거대한 인어의 발길질이었든
당신의 꿈과 열정 같은 그 힘이 모여
철썩, 철썩
내 마음에 부딪히고 하얗게 부서지네

해변의 하얀 모래는
당신에게 이리저리 쓸리는 내 마음처럼
또 나를 하얗게 쥐고 흔드네

아름답고도 아픈, 연애

흔들흔들흔들

귓가를 간지럽히는 하얀 속삭임

철썩철썩철썩

당신이 요동칠 때마다 흔들리는 내 마음

유유히 춤추는 당신의 모습과
쓸리지 않으려는 내 마음 사이에는
보이지 않은 팽팽한 신경전이 있네

가끔 그런 것들은 사랑한다는 말보다
더 진하고 아리게
내 마음에 밀려들었다 떠나네

그날 새벽, 차로 옆 나무에는 잠들지 않은 매미가 울고 있었다. 괜찮냐며 타이르는 당신의 목소리에 나는 울먹이며 물었다.

"너무 힘들다구요."

당신은 걸음을 멈추고 내 어깨를 끌어안았다. 힘들게 해서 미안하다고 했다. 얼어있던 내 마음이 스르르 녹았다.

당신의 손을 잡고 길을 걸었다. 인도는 한산했다. 낯선 곳에 여행 와 낯선 사람들을 만나면서, 괴로운 마음을 홀로 토했다. 여행 오지 말 걸 그랬다며 손을 잡아준 당신은, 아이 달래듯 두 눈을 마주치며 말했다. 내 마음에 귀 기울여준 순간, 나는 당신을 더 사랑하게 되었다.

거리의 몇몇 취객들을 지나면서, 나는 당신의 뜨거운 손을 꼭 잡고 어린아이처럼 눈물을 훔쳤다. 당신은 몇 번이나 나를 세우고는 눈을 맞추며 말했다.

'사랑한다'는 말을 삼키고, 말없이 당신의 얼굴만 보았다. 이 순간의 당신을 놓치지 않으려 애썼다. 이 새벽이 지나면, 다음 날 아침이 밝으면, 지금 내 앞에서 눈물지으며 진심을 토하는 당신이 사라질 것 같았기 때문이었다.

힘들게 해서 미안해.
아니야, 투정 부려서 내가 더 미안.
그래도 버텨 나갈 거지?
응.

우리는 두 손을 꼭 잡고, 낯선 거리를 천천히 걸었다.

 우리의 손끝으로 쓰는 소설은, 때론 말도 안 되는 환상 같
아요. 평탄한 허구에 잔잔한 파동이 이는 밤, 살결을 휘감
으며 미끄러지듯 나아가는 뜨거운 손은 분명히 말하죠. 이
소설을 쓰는 사람은 우리가 아니라, 어쩌면 당신일 거라
고.

 손으로 내 얼굴을 쓰다듬어줘요. 머리를 만져주고, 목덜
미를 쓸어줘요. 진한 눈빛으로 나를 녹여줘요. 그렇게 서
로의 냄새를 맡다 우리, 함께 웃어요.

 노을이 새까맣게 타서 침몰하고, 차가운 달빛이 떠오르는
새벽, 주광에 반짝거리는 당신의 눈빛을 보아요. 어둠 속
에서 당신의 향기는 더욱더 찬란해지고, 당신의 심장 소
리에 내가 살아 있음을 느껴요. 당신의 붉은 입술과 반쯤
누그러진 당신의 눈빛과 살랑거리는 머리카락에 참을 수
없어졌어요. 죽은 듯 살았던 몸에서 영혼의 활기가 느껴져
요.

차가운 새벽은 사랑한다는 말을 수없이 내뱉어도 좀체 뜨거워지지 않아요. 아뇨, 나의 욕심일지도 모르겠어요. 억겁의 감정을 쏟아부은들, 당신은 나의 깊은 진심을 모를 테죠.

아침이 밝아도 변치 마세요.
늘 사랑하는 마음만 내게 비춰주세요.
당신의 향기를 내게 묻혀주세요.

구속은

당신을 붙잡기 위한 게 아냐

내가 상처받지 않기 위해서야

아름답고도 아픈, 연애

어느 날, 내가 당신에게 물었다.

"내가 미워?"

까불린 감정들이 결국 해체되어 이곳저곳을 굴러다니기 시작했을 때, 나는 당신에게 '밉냐'는 질문을 던졌다. 스스로 파괴한 내 감정의 파편을 처참한 마음으로 내려다보았다. 괜찮다는 말로 스스로 위로하기에는, 나뒹구는 오해의 조각들이 촘촘하고 많아 주워 담을 수도 없었다.

"사랑해"

당신의 한마디에 깨진 마음이 이어 붙을 줄 알았으면서도, 나는 계속 당신에게 묻고, 또 물었다. '미안해', '고마워', '사랑해' 다만 이 마음들이 무뎌지지 않길 바랄 뿐이었다.

연애에 무심했던 날이 있었다. 만나고 헤어지는 과정이 지겹기도 했지만, 어쩌면 나는 이별을 두려워했는지도 모른다. 누군가로 인해 새까맣게 타서 쓰러지고 싶지 않았다.

신체가 산산조각이 날지언정, 총구를 영혼에 겨누고 싶지 않다. 당신에게 다짐과 약속을 묻는다. 안정이 보장된 사랑, 깨 부서질 것 같은 순간에도 함께 하겠다는 약속 같은 것들…. 고맙게도 당신은 비슷하지만 조금씩 다른 온도로 대답했다. '미안해', '고마워', '사랑해'

나는 종종 내가 죽을 것 같을 때마다 당신에게 물을 것이다. 내가 미워? 그럼 당신이 대답하겠지. 아니, 사랑해.

내가 죽을 것 같을 때, 먼저 안아주고, 내 머릴 쓰다듬어 주기를 바란다.

사실 나는 당신이 하나도 밉지 않으니까.

너는 춤을 추고 싶다고 했다. 술기운에 불콰해진 얼굴로
자리에서 일어나 나를 보았다. 붉은 두 눈은 무섭다기보다
힘이 없어서 시선을 고정하지도 못했다. 밤하늘을 수놓은
별을 보고, 별빛을 꿰어 밤 이불을 덮고 싶다고 했다. 춤
을 추기 시작한 네가 울음을 터뜨리기까지 시간은 오래 걸
리지 않았다. 화장이 검게 번진 두 눈은 이제 붉지 않았다.
집에 가고 싶다고 했다. 그때 나는 알았다. 네가 말한 집은
진짜 집이 아니라, 쉬고 싶은 마음이었다는 걸.

너를 안고 우는 마음이 미어져서 나는 한동안, 네 얼굴을
볼 수 없었다. 나도 너 따라 울음을 터뜨리면, 네가 무너질
것만 같았다. *집에 가고 싶어, 집에 가고 싶어.* 너는 나지
막이 내뱉으며 한숨에 가까운 숨을 쉬었다. *괜찮아, 조금
만 견디면 괜찮을 거야.* 그게 너에게 크게 와 닿지 않을 거
라는 걸 알면서도, 나는 그 말만 되풀이해야 했다.

너를 온전히 지키는 방법을 알 수 없다. 네가 무너지지 않

을 방법을 알 수 없다. 내 품에 기대 울게 하는 것밖에 해
줄 수 있는 게 없다. 내가 너 대신 아프고 싶은데, 내가 그
상처 전부 다 안아주고 싶은데 나는 아무것도 할 수 없다.

울어라, 울어라.
작은 널 껴안고 함께 운다.

내가 할 수 있는 건
이렇게 널 안아주는 일뿐이다.

13월
/
23일

 돌고 돌아 당신에게 온 마음은, 지구를 한 바퀴 돈 것처럼 길게 느껴졌다. 당신이 한 줌 쥐여준 그 마음은, 하얀 포말을 일으키며 자꾸만 부풀어 올랐다. 당신에게 닿을 수 있을 줄 알았더니, 지구를 수백 번 돌아도 당신의 마음은 여전히 멀었다. 고요가 쌓인 침침한 심해에서 당신은 겨우 숨을 끌어안고 있었다. 당신의 침묵이 소용돌이 되어 해변까지 밀려 나오고, 나는 그때서야 당신의 깊은 내면을 보았다.

 당신의 이별, 그런 당신을 오랫동안 짝사랑해 온 나.

 당신은 그 전 사람을 지독하게도 잊지 못했다.

 당신이 스스로 이별을 씹어 삼키기엔 눈물은 파도처럼 거대했다. 내가 당신 곁에 누워 알량한 마음을 내보인들, 당신은 밀려든 지난 감정을 어떻게 할 수 없었다. 내가 당신의 마음을 헤아려 주겠다고 한 말은, 이해하지 못한 채 내뱉은 따뜻한 거짓말이었다.

당신을 이해하기 위해, 당신의 바다를 한소끔 끓여 목구멍에 털어 넣었다. 물이 증발한 자리에 당신의 아픔만 하얗게 남았다. 헛구역질하며 하얀 소금을 토해냈다. 그럼에도 나는 끝까지 당신의 마음을 알 수 없었다.

먹먹한 당신의 시간과 공허한 나의 시간은 한가지 겹치는 교집합이 있다. 당신이 언젠가 한 사람을 진심으로 사랑했듯, 나도 지금 당신을 처절하게 사랑하고 갈망하고 있다는 것이다.

언젠가 당신이 영원히 내 곁을 떠나는 날이 온다면, 그때야 나는 심해를 끌어안은 당신을 이해할지도 모른다. 하지만 지금 나는 당신과 영원한 이별을 기약하고 싶지 않다.

당신의 슬픈 초점이 내게로 향했으면 좋겠다.

차라리 나로 인해 슬퍼하기를….

그럼 내가 당신을 힘껏 안아줄 수 있을 테니까.

13월
/
24일

환절기에는 생명의 촘촘한 숨결이 있다.

계절에 따라 모든 것들이 제각각으로 무르익어 가면, 시간은 적막으로 치닫는다. 우리는 그걸 겨울이라고 부른다.

우리의 계절에도 겨울이 오면 어떻게 될까?

성숙해질까, 무던해질까?

아름답고도 아픈, 연애

당신과 함께
사계를 거닐 납니다.

지금 여기서 내 손을 잡으면
당신은 긴 여행을 떠나게 될 것입니다.

나의 존재만으로도 당신은
절망감을 느낄 수도, 사랑을 느낄 수도 있습니다.
이 두 마음은 천차만별이라
당신을 무척이나 괴롭게 따라다닐 것입니다.

나 또한 당신과 같은 마음으로
어둠과 희망을 공존하며 걸을 테지요.

우리의 여행은 이렇습니다.
때론 눈물을 흘릴 수도, 때론 배부르게 웃을 수도 있습니
다. 장담컨대, 당신의 행복이 정점을 찍을 수 있다고 말하
겠습니다.

아름답고도 아픈, 연애

우리가 만나 따뜻한 손을 잡고,
두 눈을 마주치는 모든 것들엔
당신이 두려워하던 '사랑'이 있습니다.

'사랑'은 그렇게 무섭지 않습니다.
당신이 겪어온 숱한 이별은 이제 정리해버리고
여기, 내가 뻗는 손을 잡고
끝이 없는 새로운 사랑을 품읍시다.

당신이 아프지 않게
당신이 더는 우는 일 없이
이 긴 여행을 함께 이겨낼
동반자가 되렵니다.

아름답고도 아픈, 연애

어느 날,
당신은 유성처럼
내게 떨어졌다.

아름답고도 아픈, 연애

파랑이 흘러내리는 밤

맞물린 두 입술과

가슴 저민 감정과

턱밑으로 흘러내린 별빛 그리고

쑥스럽게 웃어보는 얕은 미소,

미끄러지듯 쏟아진 뭉근한 눈빛

설명이 필요 없는 밤

아니,

설명할 수 없는 밤

낙엽 위에 편지를 씁니다.

그리운 마음 팔레트 삼아 눈물 한 방울 짜냅니다. 한 글자 두 글자씩 찍어 진심을 씁니다. 당신의 찬란한 모습을 가슴으로 더듬어 천천히 그려봅니다.

종이 위에 눈물을 얇게 폅니다.
당신을 이 한낱 편지에 그리려니, 마음이 무겁습니다. 몇 번을 끼적이다 그만두었습니다.

당신을 어떤 문장으로도 형용할 수 없습니다.

이 마음을 어찌, 한 장의 종이에
전부 담아낼 수 있을까요.

당신을
어떤 문장으로도 형용할 수 없습니다.

아름답고도 아픈, 연애

가끔은
너라는 숲에서
길을 잃고 싶다

호수에서 마른 목을 축이고
푸른 빛깔에 눈을 씻고
따스한 햇볕에 몸을 녹일 수 있는

네가 남몰래
꼭꼭 숨기고 있는 그 숲에서

한참 길을 잃고 싶다

내 마음에 네가 쌓인다.

자, 지금부터 내가 하는 얘기 오해하지 말고 들어요.

 저는 그러니까 어제 당신과 술을 마셨어요. 그렇죠? 아니
요, 그러니까. 술을 마셨다는 게 말예요. 그러니까, 그게, 사
람들이 다 떠나고 난 뒤에 둘이서 마시기 시작한 걸 말하는
거예요. 맞아요. 전 기억이 나요. 당신은 내 맞은편에 앉아
있었고요. 우리는 말간 조개탕을 하나 시켜놓고, 술을 마시
고 있었어요. 당신이 내게 할 말이 있다고 했었거든요. 그런
데 맨정신엔 할 수 있는 말이 아니라고 했죠. 저는 무엇인가
궁금했지만, 연신 술만 들이켜는 당신을 보니 저도 같이 마
시지 않으면 안 될 것 같았어요. 그래서 당신을 따라 홀짝홀
짝 마신다는 게 결국 취해버린 거예요.

 시간이 꽤 됐을 거예요. 바닷바람이 부서지는 소리가 포장
마차를 잔잔하게 채웠죠. 언젠가부터 당신과 나는 대화를
나누지 않았어요. 왜 그랬는지 정확히 기억이 안 나요. 포장
마차의 노란 불빛에서 얼굴이 발그레해 진 당신의 모습이

어렴풋이 떠올라요. 손끝으로 허공에 무언갈 가리켰죠. 저를 가리켰던가요? 아무튼요. 그렇게 시간이 좀 지나고 나서 당신이 제게 무슨 말을 했던 것 같아요. 그랬죠? 그 말이 바로, 당신이 맨정신에 할 수 없다던 그 말이었나요?

 그때 저는 무슨 이유에선지 당신의 말을 듣고 눈물을 왈칵 쏟았어요. 그걸 어떻게 아느냐면요. 제가 오늘 아침에 눈을 떴는데 두 눈이 퉁퉁 부어있었거든요. 굉장히 징그러울 정도로요. 저는 대체 왜 울었을까요?

 그다음 기억나는 장면은 도롯가에 선 당신의 뒷모습이에요. 당신은 택시를 잡는다고 했죠. 그때까지만 해도 괜찮았어요. 그럭저럭 버틸 만 했죠. 당신이 손을 흔들었고, 이윽고 택시 한 대가 섰죠. 당신이 저를 태워 보내려고 했어요. 그런데요. 그 이후로 있죠. 제가 기억이 조금 가물가물해요.

그러니까, 이 말을 어떻게 해야 하죠?

음.

무슨 이윤지 모르겠지만요. 택시를 앞에 두고 펑펑 울기 시작했던 것 같아요. 갑자기 슬퍼졌어요. 왜죠? 그냥, 뭐. 왜일까요? 갑자기 슬퍼졌어요. 당신이 제 어깨에 손을 올려 토닥거리기 시작했는데, 그때 택시가 가버렸어요. 아니, 그냥 있었던가요? 미안해요. 기억이 잘 나지 않아요.

아무튼, 저는 그 길바닥에서 한참 울었던 것 같아요. 당신은 아무 말 없이 저를 위로해줬고요.

그리고 제가 당신의 얼굴을 쳐다봤는데요.

음.

그러니까 어떻게 말해야 하죠?

당신의 얼굴이 제 얼굴과 무척 가깝게 있었던 것 같아요. 제 기억엔요.

당신의 뒤통수에는 야트막하게 가로등 불빛이 새어 나오고 있었고, 당신은 나를 빤히 내려다보는 것 같았어요. 엄청 가까이에서요. 그때 저도 빤히 당신을 쳐다보았던 것 같아요.

그러니까, 아아.

어떻게 말해야 할지 모르겠네요.

아름답고도 아픈, 연애

우리가 가까웠어요. 가까웠다고요! 당신은 혹시 기억나는
게 없나요?

사실은요. 당신에게 말하지 못한 게 있어요. 그러니까, 당
신을 좋아했던 건 사실이에요. 그게, 이런 이야기를 하는
게 갑작스럽고 이상하게 들릴지 모르겠는데요. 이래야 제
가 그날 당신에게 한 실수가 진심이었다는 걸 믿어줄 것
같아서요. 그냥 당신만 보면, 마음이 이상해요. 머리가 혼
란스럽고, 멀미하는 것 같아요. 당신이 다른 여자와 대화
하는 모습을 보면 마음이 복잡해서 힘들 지경이에요.
그러니까, 알겠어요?
당신과 마주했던 그 날 밤.
저는 당신이 싫지 않았다고요.

아아,
그냥 빙 돌려 말하지 않을래요.

그날 우리가, 키스를 했던가요?

오랜만이야.

귓가에 들려오는 목소리. 그리움이 날카롭게 파고든다. 입술은 다물어지고, 목울대는 울렁이며 턱밑이 울음으로 가득 찬다. 그러나 터뜨리지 못한다. 숨을 삼킨다. 조금 더 네 목소리를 듣고 싶다. 네가 말한다. 잘 지냈어?

너는 비디오테이프 같다. 늘어질 때로 늘어져 같은 장면만을 반복 재생하는 슬로비디오. 너의 함박웃음과 바람에 흩날리는 머리칼이 나의 아둔한 기억을 쓸어내렸다. 반복되는 화면이 견딜 수 없게 만들었지만, 첫사랑이라는 미묘한 이름 아래 나는 네 이름을 차마 부를 수조차 없었다. 너는 늘, 십수 년 동안 열어보지 못하는 타임캡슐이었다. 좋아했으나, 사랑했으나, 쉽게 내뱉지 못한 말들이 있었다. 네 이름과 네 이름을 부르는 것과 너를 묶어 둘 수밖에 없었던 진심이 밖으로 튀어 나가지 못했다.

감정은 뭉게구름처럼 네 주변을 맴돈다. 답답한 가슴을

억누른다. 전하고 싶은 말이 입 주변에 머무른다. 적막이 흐른다. 보고 싶었어. 아무렇지 않게 안부를 내뱉어준 네가 고맙다.

 내 기억 속 사계절엔 늘 네가 있었다. 벚꽃이 흐드러지게 핀 거리에도, 청량한 소리를 품은 바다에도, 책장 넘기는 소리로 적막을 찢는 도서관에도, 뜨거운 입김에 부서지던 눈발에도. 너는 늘 내 사계절에 박혀, 계절의 문턱을 뛰쳐나왔다. 너는 순수하고, 아름다웠고, 활기찼다. 얼굴만 보아도 두근거림에 온몸이 부서질 것 같던, 그날의 기억.

너에게 묻고 싶은 말이 있다.
너도 나처럼, 나를 그리워했냐고.
그리고 네게 말하고 싶다.
나는 네가 그리웠다고.

_____

이별

새벽은 길고 찹니다
내일 몸살을 앓지 않으려면
나를 더 따뜻하게
안아야 합니다

흑백이 된 세상에서 당신이 활짝 웃는다. 모두가 멈춘 시간에서 우리만 살아 숨 쉬고 있다. 나는 한참 당신의 얼굴을 바라본다.

미래에는 우리가 이별하게 될 것이라고 말하자, 당신의 얼굴이 일그러지기 시작한다. 왜 우리가 이별하느냐고 묻는다. 당신의 우는 얼굴이 꼭, 훗날의 내 얼굴 같다.

이별과 악수하지 않을 것 같던 사랑이, 평생 사랑하며 서로 안아줄 것 같던 우리가, 정반대로 찢어지게 되었다. 먼저 등을 돌린 건 당신이었고, 시간을 되돌려 과거로 돌아온 건 나였다. 이렇게, 과거의 당신은 여전히 나를 사랑하고 있다.

"미안해, 내가 먼저 헤어지자고 했어."

나는 당신에게 거짓말을 했다.

당신이 떠나지 마라며 내 손을 붙잡는다. 그 눈물이 간절해서, 나도 여전히 당신이 좋아서, 나는 아무 말도 할 수 없었다. 그저 눈물만 닦고, 또 닦았다.

 '떠나지 마' 내가 당신에게 하고 싶었던 말이다.

 '다 내가 잘못했어' 나야말로 당신을 정말 붙잡고 싶었
다. 미래의 나도 그랬고, 지금의 나도 그렇다.

 흑백의 세상에서 내 손을 붙잡고 우는 당신을 모질게 할
수 없어서, 나는 몇 번이나 당신의 머리를 쓸어내렸다

 "미안해, 우리가 그렇게 돼. 운명이 그렇대."

 상실에 빠지기 싫었던 나는 흑백의 세상에 언제고 귀속
되고 싶었다. 나를 간절히도 사랑하는 당신의 세상에 묶
여, 이 우주에서 당신과 함께 있고 싶었다. 그러나 운명
은 애석하게도, 당신과 나의 온전한 결합을 허락하지 않
았다.

 나를 처연하게 사랑했던 당신은 과거에 멈춰있고, 나만
현실로 달려 나와 참혹하게, 홀로, 사랑하고 있다.

13월
/
32일

 비가 오던 날, 불 꺼진 방. 창문에 맺힌 빗방울이 가로
등 불빛에 반짝이던 밤. 우리는 마주 앉아 있었다. 어둠
과 하나가 된 것처럼, 검게 물든 우리는 서로의 반짝이
는 두 눈만 바라보고 있었다. 카펫 위에 앉아 두 손을 마
주 잡은 채, 두 눈으로 서로의 몸을 어루만졌다. 세상은
온통 빗소리로 가득했고, 그 사이로 나직이 당신의 숨소
리가 떨어졌다. 불빛에 반짝이는 눈빛, 나를 응시하는 시
선, 그리고 옅은 미소.

 달이 기울어진 밤에도 당신의 소리 없는 독백은 내 마음
을 지그시 누르고 두들겼다. 컴컴한 마음을 비추지 못한
나는 어스름한 달빛에 비친 당신의 눈빛을 설렘으로 읽
었다. 세차게 튕기는 빗소리만큼, 내 심장 소리도 커졌
다. 사랑한다고 말하지 않았지만, 어떤 떨림이 피부에 닿
았다. 가슴이 먹먹해졌다. 나는 당신 품에 안겨 당신의
심장 소리를 들었다.

 그러던 어느 날 당신이 내게 말했다. 설레는 독백은 애

초에 없었다고. 그건 단지 환상일 뿐이었다고. 단 한 순간도 나를 사랑한 적 없었다고.

 나는 어둠 속에서 괴물이 되어갔다. 착각이 빚어낸 당신은 흉측한 내게서 도망쳐 버렸다.

 어떤 것들도 침투할 수 없었던 나의 공간이 어그러진다. 내 어깨를 감싸던 당신의 손과 당신의 독백이 떠오른다. 그러나 이내 산산조각난다. 당신의 '착각'이라는 한 마디가 깨뜨린 환상….

 있었다,
 아무것도 하지 않아도 행복했던, 시간이.
 눈을 감으면 잡을 수 있을 것 같던, 당신이.
 지금 내 가슴에는 당신이 남긴 마지막 한마디가
 바닥에 떨어져 몇 번이나 부서지고 있다.
 몇 번이고, 몇십 번이고, 몇천 번이고.
 나는 부서지고, 이지러졌다.

13월
/
33일

 견고한 마음을 쌓아 왔던 긴 세월 동안, 어쩌면 나는 너를 전부 알고 있다고 자신했는지도 모른다. 너를 얼려 만든 단단한 것들이 천천히 융해되기 시작한 것은, 우리 아닌 또 다른 여름이 떠오르면서부터였다.

 들키지 않길 바라는 너의 불안은 미처 걸러내지 못한 불순물처럼 조용히 가라앉아 있었다. 단 한 번도 널 의심한 적 없었는데, 한순간 피어오른 불편한 나의 감정 하나 때문에 너는 금세 혼탁해졌다.

 밤낮으로 번쩍이던 네 핸드폰 불빛은 강렬한 아지랑이를 내뿜고 있었다. 어쩌면 나는 그걸 애써 회피하고 싶었는지도 모른다. 그 열기에 손을 뻗는 순간, 치명적인 화상을 입을 것만 같았으니까.

 "밤마다 연락하는 그 사람, 누구야?"

 내가 한바탕 휘젓고 나자 오히려 너는 훨씬 더 편안한 얼굴이 되었다. 낯선 이름과의 대화, 너의 또다른 여름,

너의 변명, 회피할 수 없는 확실한 비밀들, 빛을 잃은 별들, 차가운 여름밤. 우리의 계절은 여름이 아니었다. 생명이 숨 쉬지 않는, 애초에 겨울 같은 연애를 하고 있었던 것이다.

아침부터 우글거리기 시작한 땡볕의 길가를 걸었다. 가지 말라고 붙잡던 네 손이 자꾸만 눈에 어른거렸다. 지난날 낯선 사람과 나눈 다정한 대화들, 내게 "아니"라고 변명하던 너의 울부짖음, 낯선 사람에게 "보고 싶다"며 말하던 너의 진심, 진실과 거짓 사이에서 들쭉날쭉했던 거짓말 같은 너.

모든 것이 선명해지고 다시 눈을 떴을 때, 나는 따가운 햇볕 아래 웅크리고 있었다. 일어날 수가 없었다. 햇빛의 화살들이, 살갗이 아닌 내 마음을 찌르고 있는 것만 같았다.

이불을 덮고 있으면 파도 같은 감정이 마음을 쓸어 갑니다. 잊지 말자고 다짐했던 것들이 조금씩 흩어지고 쓸려가, 당신이라는 이름의 섬에서 멀어져만 갑니다. 당신이 나와 한 약속을 어겼듯 나 자신과 했던 약속도 당연하게, 그렇게, 깨지게 되는 걸까요. 파편을 집어삼킨 파도가 살갗을 아프게 할퀸다고 해도, 담담히 당신을 기다리겠노라 다짐했던 나의 약속이, 그렇게 무뎌지고 묻힙니다.

'사랑'은 때로 세상을 잊을 만큼 정신 못 차리게 했다가, 정신을 차려보면 '사랑'은 헛된 꿈이었다고 말합니다. 그 간이역에 이별이 있습니다. 우리는 간이역을 거치지 않고 머물렀습니다. 바다 위의 둥근 섬. 당신의 이름도 그곳에 머물렀습니다.

한여름 바다 위에 당신의 이름을 올려둡니다. 당신이 떠난 뒤, 내 마음도 바다 위를 표류하기 시작합니다.

당신만이 주울 수 있는 내 마음은, 멈춰버린 어느 계절의 시간에서 방황하는 중입니다.

13월
/
35일

 바닥에 누워 천장을 바라본다. 창문 틈으로 찬 기운이
흘러나온다. 몸을 웅크리고 겨드랑이 사이에 손을 찔러
넣는다. 여느 겨울 때보다 춥고, 시리다.

 어느샌가 가을은 여름과 겨울 사이에 얇게 짓눌린 것처
럼, 하루 이틀 숨만 쉬다 죽었다. 우리는 가을 같은 계절
이었을까. 가을이 사라졌다. 네가 없다. 우리가 죽었다.

 초겨울 바람이 은근한 귓속말로 내 마음을 찌른다. 가을
이 없어졌다고 한다. 그 서늘한 목소리가 마치, 마지막의
너 같다.

 사랑한다고 말할 수 없었다. 나는 여름이었고 너는 겨울
이었기에, 우리의 온도 차는 분명히 존재했다. 그다지 뜨
겁지도, 차갑지도 않은 애매한 우리의 계절은 너의 바람
대로 끝이 났다.

바람이 분다.
한때 네가 오는 것으로 생각했지만, 이제는
차가운 너의 목소리만 담겼다 말하련다.

그립다고 말하지 않겠다.
찬란하고 아름다웠던 사랑이었다고 말하지 않겠다.

언젠가 뜨거웠으나
갑자기 식어버린 어느 가을밤 같은 사랑이었다고
나는 말하련다.

그립지 않다, 그립지 않다
가을이 제 입을 틀어막고 조용히 우는 밤
아니, 옛날의 우리가 우는 밤

밉다가도 그리운, 이별

'만약', 이 글자가 숨통을 죄어 온다. '만약' 내 옆자리의
사람이 당신이었다면, 한평생을 함께 살 사람이 당신이
었다면, 손에 반지를 끼워 준 사람이 당신이었다면. '만
약', 이 모든 것들이 당신의 중심에서 돌아갔다면, 우린
지금 어땠을까.

우리의 연애는 벼랑 끝에서 위태롭게 흔들리고 있었다.
붙잡을 의지가 없었던 것은, 새로운 사랑에 대한 호기심
따위가 아니었다. 사랑은 현실에 눈멀게도 하지만, 현실
을 명확하게 보여주기도 했다.

당신이란 이름을 창고에 넣어두었다. 추억하지 않고 덮
고 살겠노라 몇 번이나 다짐했다. 그러나 그 이름은 어느
날 갑자기 불쑥 떠오르기도 했다. 아, 맞다, 하게 되는,
이름.

생각해보면 나는 당신 앞에서야 비로소 나다울 수 있었다. 마음 편히 웃고, 울고, 화를 냈다. 그래, 생각해보면 당신은 참 좋은 사람이었다.

우리는 서로 먼저랄 것 없이 떠났다. 나도, 당신도 부서진 인연을 붙들지 않았다. 어쩌면 우리는 내일을 내다보았던 걸까.

당신은 내 마음 창고 구석에 처박아 둔 짐 같다.
버리지도, 간직하지도 못하는…

아, 맞다, 하게 되는
그런 이름이 되어 간다.

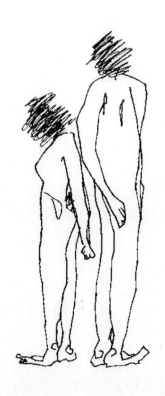

밉다가도 그리운, 이별

힘든 날들이다.

나는 아직도 이 모든 것들이 낯설다.

너 없이도 잘 살 수 있을 거라 자만했던 때가 있었다. 너 외에 힘든 일들로 가득 차 있었던 나는, 감정을 느낄 수 없는 차가운 바람이 됐다고 착각했다. 그때 우리의 만남을 미뤄왔던 건 네가 아니라 나였다. 왜 나는 몰랐을까. 네가 있어야 버틸 수 있었던 난데, 왜 나는 혼자서도 잘 이겨내는 사람이라 단언했던 걸까.

네가 나를 떠나려 할 때, 나는 필사적으로 널 붙잡았다. 너 없이도 잘 살 것 같다는 착각은, 가학적으로 스스로를 찌르고 망가뜨리는 일이었다. 우리의 영혼이 천천히 멀어져 갈 때, 나는 끝이 없는 무한한 겨울에 홀로 서 있는 기분이 들었다. 아프게 휘몰아치는 눈보라가 온몸을 할퀴었다. 마음이 얼어 부서질 것만 같았다.

헤어진 지금에서야 붙잡는 내가 나쁜 것도, 이기적인 것도 알지만, 이렇게라도 하지 않으면 나는 정말 살 수 없을 것 같았다.

지난 날들에게, 그리고 떠난 네 뒷모습에게 애원했다. 익숙함의 탈을 썼던 건 전부 널 사랑했기 때문이었다고. 단 하루도 널 사랑하지 않은 날이 없었다고. 그러자 네가 말했다.

"네 단 한 번의 변명은, 진심으로 널 사랑했던 지난 나를 오천 번 죽이는 거야."

네 한마디에, 널 돌이키려 애썼던 모든 것들이 물거품이 돼 버렸다.

네가 없는 내 일상은 낯설다. 텅 빈 메시지창, 구멍 난 통화목록, 가벼운 사진첩. 내 삶에 너를 들어내니, 나는 빈껍데기가 되었다.

네가 잘살지 않기를 바란다. 누구보다도 끔찍하며, 구겨지고, 부서지는 사랑을 하길 바란다. 너도 나만큼 아프기를, 내 아픔의 절반이라도 느껴보기를 바란다. 행복하게 잘살고 있다는 네 소식도 더는 듣고 싶지 않다. 너는 왜 나 없이도 행복한 걸까. 나는 가끔 그런 치졸한 생각들로 괴롭게 시간을 보낸다.

네가 날 떠난 것이 야속하다.

밉다가도 그리운, 이별

네가 내 찢어지는 마음을 느끼지 못한다는 것에 화가 난
다.
 나만 아픈 것 같고, 나만 힘든 것 같고, 그래서 나만 사
랑한 것 같다.

 나 없이도 행복한 너의 내일과
 너 없인 아무것도 아닌 나의 오늘,
 너와 나의 괴리는 분명하고 확실해서
 이제 더는 당당히 일어날 수도 없다.

13월
/
38일

 늘어진 밤 동안 나는 당신의 모습을 열두 개로 쪼갰다.

 일월, 이월, 삼월…. 달이 채워질수록 당신의 온도도 차
츰 변했다. 어떤 날은 미지근했다가 어떤 날은 뜨거웠다
가, 어떤 날은 차가웠다. 눈이 부서지는 어느 계절, 가로
등 밑에 선 당신의 손은 참으로 차가웠다. 그 시간을 끝
으로 열세 번째의 당신은 없었다.

 마지막, 열두 번째 당신의 모습만 박박 닦는다. 내 기억
은 가장 뜨겁고, 가장 아련했던 때의 당신에게 머물러 있
지 않다.

 그날, 당신을 잡았더라면 지금 우린….

당신이 뒷모습이 더욱 선명한 밤.
좋았던 날들보다 더욱 간절한 마지막, 당신.

밉다가도 그리운, 이별

지금의 당신을 사랑하는 게 아니라,
옛날의 우리를 그리워하는 것.

13월
/
39일

배가 고팠다.

뭔가를 먹어야겠다고 생각한 것은, 늦은 새벽 4시.

원래는 뭔가를 먹고 싶다는 생각이 없었다. 새벽 4시 이
전의 나는 초조함과 걱정으로 잠 못 이루며, 이불을 뒤척
이고 있었다.

답장을 바랐다. 언제나 그랬듯 너는 늦어질 것이라고 했
고, 나는 늦겠다는 네 말을 믿었고, 집에 들어가면 연락
좀 주라는 짧은 메시지를 남겼다. 그로부터 열두 시간이
지났다. 오지 않은 너의 메시지 덕분에 나는, 십이 년 같
은 답답한 시간을 보냈다.

새벽 4시에 메시지가 온 것은, 나를 화나게 한 것도 기
쁘게 한 것도 아니었다. 넌 새벽 4시가 되어서야 "집에
들어왔다"고 말했고, 나는 "왜 이제야 연락해?" 라고 물
었으며, 너는 갑자기 "헤어지자"고 했다. 엉망진창이 된
내 열두 시간에 하얀 페인트가 끼얹어졌다. 속은 새까맣

게 타들어 갔지만, 머릿속은 새하얗게 지워져서, 얼룩졌던 열두 시간의 분노를 쏟아내지도 못하게 했다. "왜?" 왜냐는 물음에 너는, "다른 사람을 좋아하게 돼버렸어" 라고 말했다. 언젠가 이유 없이 우리가 사랑에 빠졌던 것처럼, 이번 또한 이유 없이 다른 사람을 사랑하게 돼버렸다고 한다.

 양푼에 나물과 밥을 넣고 비볐다. 떠 넣은 밥알이 양 볼에 볼록 들어가 있어도, 계속, 계속 밀어 넣었다. 밀어 넣고, 그득 삼켜도 배고팠다. 밥 한 솥을 다 털어 넣고, 김치와 남은 찬거리를 붓고, 고추장을 넣어 한껏 비볐다.

이상하다.
이상하게도, 허전하고 허무해서
떠 넣는 밥숟갈을 멈출 수가 없다.

언젠가 마음이 우울증을 앓았을 때, 스스로 참담한 시간을 삼켰습니다. '나아질 거야, 내일은 괜찮아질 거야.' 그 시간은 삼킬수록 독이 됐습니다. 뭐라도 해야겠단 생각에 공책을 폈지만, 어찌할 줄 몰랐던 나는 한 장 두 장 백지만 넘겼습니다. 어떻게 살아야 하는지도, 어떻게 하고 싶은지도 알지 못한 채 몸과 마음만 가라앉았습니다.

시간이 흘러 조금 나아진 기분으로 하루하루 살아갔습니다. 나아진 줄 알았는데, 나아진 게 아니었습니다. 그저 어두운 심해를 버틸 뿐이었습니다.

그리고 며칠 전, 시름에 빠진 그 사람을 보았습니다. 어떻게 살아야 할지 모르겠다고 눈물 흘리는 그 사람을, 나는 따뜻하게 안아주고 싶었습니다. 안아주면 괜찮아질 줄 알았는데, 그게 아니었습니다.

'이럴 땐 어떻게 위로해줘야 하지?'

위로하는 법을 잊어버렸습니다.

밉다가도 그리운, 이별

"왜 이렇게 약해 빠졌어? 정신 안 차릴 거야!"

그 사람에게 모진 말을 내뱉었습니다. 그래야만 이 험난한 세상을 잘 견뎌 나갈 수 있을 테니까요.

하지만, 관계는 그런 것 같습니다.

"당신이 내 사정에 대해 뭘 알아? 왜 그렇게 쉽게 말하는 건데?"

응원이 위로가 될 수 없고, 사랑이 가식처럼 느껴지는 요즘 세상은 참 '불쾌'합니다.

"다 당신 잘되라고 한 말이야."

내가 아무리 그 사람에게 진심이어도, 그 사람이 나를 밀어내면 그저 모순에 불과한 것입니다.

"버티기 힘들어서 당신한테 기댄 거야. 한 번쯤은, 그냥 말없이 안아줄 순 없는 거야?"

그 사람은 그저 '위로'가 필요했답니다. 한때 내 마음이 심해를 굴러다녔던 때처럼, 그 사람은 '나아질 거야, 내

일은 괜찮아질 거야'라는 말을 듣고 싶었답니다.

"난 다만, 당신이 다시 일어나길 바랐기 때문이야."

 힘듦의 정도가 달라서, 서로의 마음이 넉넉지 못해서, 우리는 그렇게 좁아터진 해구에서 충돌하고, 또 충돌했습니다.

 생각의 차이가 틈을 만들었고, 그 틈에서 불행이 흘러나왔습니다. 우리는 정말, 서로에 대해, 아무것도 이해할 수 없게 되었습니다.

밉다가도 그리운, 이별

당신에게 기대었더니
더욱 굳세게 일어나라고 하네요.
힘써야 한다는 걸 알아요.
지금 이 순간만큼은, 당신의 품안에서
아무 생각없이 쉬을 수 없었던가요?

오늘 아침은 형편없었다.

창밖에 하얀빛이 부서져 내리던 그 순간부터, 나의 하루
는 엉망진창이 되었다. 차가운 눈은 그대로 새벽에 눌러
앉았다. 망가진 나는 그 무게에 짓눌려 제대로 일어나지
도 못했다.

하얀 당신은 늘 내 밤의 한구석에 웅크려, 포근한 미소
로 나를 바라보곤 했다. 내 옆에 누워 몸을 뒹굴기도, 내
뺨에 입을 맞추기도, 내 머리를 쓰다듬으며 말없이 안아
주기도 했다. 그게 좋아서, 밤의 귀퉁이에 몸을 누인 당
신을 쓸어버릴 수도 없었다.

당신을 떠나보냈던 새벽. 그날은 유난히도 추운 날이었
다. 당신은 '집 앞으로 데리러 가겠다'고 연락했다. 그러
나 한참이 지나도 당신은 오지 않았다. 입김으로 언 손
을 녹여가며 도로를 보던 그때, 큰 차에 산산이 부서지는

당신의 모습을 보았다. 사람들이 떨어진 당신 곁에 다가가 수군거리기 시작했다. 당신을 치인 커다란 트럭은 사나운 짐승처럼 으르렁거리고 있었다. 당신의 이름을 부르짖으며 달려갔다. 이미 당신은 처참한 모습이 되어있었다. 첫눈이 내린 그 날, 나의 날카로운 비명이 허공에서 찢어지고 갈라졌다.

 그토록 보고 싶던 당신을, 집 앞으로 오겠다던 상냥한 당신을, 나는 새벽이면 어김없이 꺼내 본다. 당신은 이제 이 세상에 없지만, 당신이 주고 간 마음은 그 겨울에 멈춰 있다.
 우리의 겨울이 짓이겨진 그 날, 길에서 부서진 당신의 몸처럼 내 영혼도 산산이 부서졌다.
 첫눈이 내린 아침.
 어떤 계절처럼, 나는 가슴이 찢어지게 울었다.

13월
/
42일

당신의 마음을 한 손으로 그러쥐어
주머니 속에 뜨겁게 넣어두었네
날이 추울 때마다 무릎 위에 꺼내놓고
당신 몰래 숨죽여 울었다네

밉다가도 그리운, 이별

13월
/
43일

너는 지구였고, 나는 달이었다. 내게 네가 없는 우주의 하루는 기약 없는 내일이었다. 네가 태양이 되겠다고 혜성처럼 떠나버린 후, 나는 이 막막한 우주에서 길을 잃었다. 마음은 달의 뒷면을 들여다보는 것처럼 깜깜했다. 나도 너처럼 태양을 맴돌았다면, 네 곁에 오래 붙어있을 수 있었을까. 나도 꿈이 있었다면, 네가 없어도 잘 살 수 있었을까. 넌 언제나 떳떳하고 자유로웠지만, 나는 매일 네게 귀속되어 벗어날 수 없었다.

멋진 사람이 돼서 다시 돌아올게.
그때 이 갈림길에 선 외로운 길에 방향표를 꽂자.

너의 중력이 약해지던 날, 나는 차마 입을 떼지 못했다. 사랑한다는 말보다 깊고, 그립다는 말보다 공허한 말이 있다면, 우주의 모든 언어를 끌어 네게 말해주고 싶었다.

112

네가 돌아올 때까지 이 자리에서 기다리고 있겠다고, 나도 여기에 서서 널 바라보고 있겠다고. 그러나 형용할 수 없는 언어들은 턱밑에 침묵으로 가라앉아 있었다.

끝없이 펼쳐진 우주는 나를 어딘가로 이끌고 갔다. 이 표류가 곧 네게 당도하는 길이기를 간절히 바라면서, 나는 목적지 없이 이렇게, 흘러만 가고 있다.

그냥 나 기다리지 마.
너도 너 하고 싶은 대로 하고 살아.
네 인생이잖아.

네 목소리가 우주에 맴돈다. 넌 지금 당장 나를 끌어 안아줄 수도, 나의 눈물을 닦아줄 수도 없지만, 언젠가 나타나 뜨거운 가슴으로 나를 안아주리라 믿는다. 나는 다만, 기다리고, 또, 기다릴 뿐이다.

'마지막'을 떼기 힘들어 여기까지 왔는지도 모른다.

갈 곳 잃은 눈빛과 망설인 입술은 해괴망측한 괴물이 되어 발끝부터 조금씩 파먹기 시작한다. 내 영혼은 베어 문 사과의 귀퉁이처럼 야금야금 좀먹혀, 도무지 채워지지 않는다. 새벽에 내린 하얀 안개가 덧대진 셀로판지처럼 날카로운 도심의 불빛을 부옇게 번져 놓았을 때, 나는 비로소 창문 밖을 보았다.

새벽의 그늘에 몸을 숨겨, 다음 날 아침이 밝을 때까지도 오지 않을 너를 기다리면서, 조금씩 내려놓는 법을 연습한다. 너를 원망해버리고, 슬피 우는 것으로 이 고통을 씻어내 버릴 수 있다면 진즉 그렇게 했을 것이다. 그러나 그렇게 하지 않는다. 창밖, 답답한 안개를 거둬버리고 싶은 욕망을 꾸역꾸역 참아내는 것만으로도, 이미 나는 충분히 벅차다.

내가 아무리 발악을 쳐도, 너는 이 어둔 새벽길을 걸어

오지 않을 것이란 걸 안다. 이 '마지막'을 떼지 못해서, '마지막'에 만들어진 거대한 괴물과 매일 새벽의 긴 꼬리 위에 동침한다. 너를 대신하는 이 괴물은, 눈앞에 형용하지 않으나 제멋대로 뛰어다니며 그날의 잔상을 자꾸만 떠올리게 만든다. 너는 마지막을 말했으나, 내게는 마지막이 아니었던 그 날을. 그날로 인해 나는 매일 반복되는 과거 속에 갇혀 산다. 과거의 네가 나를 외면할 때마다, 괴물은 내 목을 옥죄어 숨통을 가늘게 쥐어 놓았다.

내 방 창문에 네가 쏟아진다면
나는 이 새벽의 괴물을 무찌를 수 있을까?

13월
/
45일

 차갑게 식은 커피잔에 입술을 대며, 당신의 눈빛을 본
다. 찻잔 주변을 의미 없이 매만진다. 시계 초침 소리에
예민해진다. 하지만 섣불리 당신에게 이 상황에 대해 묻
지 못한다. 천천히 마른 입술을 떼는 당신을 본다. 헤어
지자고 말하는 당신의 목소리가 잔 위로 추락한다.

앞으로 하루가 길어지리란 걸,
우리의 찬란했던 과거는 조금씩 부서지리란 걸,
나는 알면서도 애써 괜찮은 척, 괜찮은 척
침을 삼켰다.

밉다가도 그리운, 이별

터져 나올 것 같은 울음을 욱여넣으며 당신의 얼굴을 본
다. 얼굴에 열이 오른다. 시든 꽃잎처럼 눈물이 뚝뚝 떨
어진다.

당신은 죽어가는 나를 내버려 둔 채 자리에서 일어난다.

그렇게 나는

생명이 없는 밀실에 갇혀

죽지 않을 만큼 살게 되었다.

연애는 시합이다. 누가 더 많이 사랑하느냐, 누가 덜 상처받느냐. 상처를 덜 주고, 덜 받기 위한 싸움. 이 시합에 심판은 '운명'이 본다. 이어나갈지, 헤어질지 결정하기 때문이다.

애초에 만나지 말걸
고백하지 말걸
널 사랑하지 말걸

막상 너와 이별하게 되자, 나는 매일 네게 잘해주지 못한 것만 생각했다. 후회하고 반성했다. 그러나 우리는 다시 연결되지 못했다. '운명'이 그러길 원했다.
 네가 아련해진 오늘에야 그때의 우리를 객관적으로 바라볼 수 있게 되었다. 지금 나는 네가 밉기보단 고맙다. 사랑을 몰랐던 내게 사랑을 알게 해줬으니까.

아직도 너에 대해선 이해할 수 없는 몇 가지가 있다.

이해할 수 없지만, 그냥 받아들이기로 한다. 그리고 이제 미련을 조금씩 떨쳐내려 한다. 돌아올 거라는 기대, 아직 날 사랑하고 있단 착각들. 결국 지난 것들은 나를 갉아 먹을 것이다.

가끔 그런 생각을 한다.

내가 널 만나지 않았더라면 어땠을까?

지금은 그렇다.

차라리 좀 더 어릴 때 널 만나서 다행이었다고.

좋아했던 노래가 있었다.

 모든 사람이 좋아했지만, 네가 그 노래를 부르자 내겐 좀 더 특별한 노래가 되었다. 마치, 이 세상에 오직 너와 나만이 그 노래를 아는 것처럼 느꼈다.

 불면증에 시달리는 밤이면, 네게 전화를 걸었다. 그럼 너는 노래를 불러 주었다. 별빛이 유난히 시리고 찬란했던 새벽. 너의 노래가 나의 고요한 우주를 무너뜨렸다. 너는 블랙홀처럼 나를 빨아들였다. 이제 그 노래는 그 가수의 것이 아니라 온전한 네 것이 되었다. 노래는 너였다. 그저, 너였다.

 우연히 길을 걷다 그 노랠 들으면, 네 모습이 멀리서부터 뚜벅뚜벅 내 앞으로 걸어온다. 눈앞까지 걸어왔다, 어깨너머로 사라진다. 노래에서 네 목소리가 들린다. 네 뒷모습이 보이고, 네 미소가 보인다. 눈물이 날 것 같은데, 이제는 울면 안 된다는 걸 안다. 내 가슴에 저장해 둔 네 목소리를 삭제해야 한다. 그럴수록 네가 내 곁에 없다는 사실만 더욱 선명해진다. 한때 내가 좋아했던 노래였으나, 이제는 다시 들을 수 없게 된 노래. 그 노래가 너라서, 너를 떠올리는 일이라서 그렇다.

네가 없는데, 세상은 아무렇지 않다. 나만 네 노래 안에서 도돌이표로 되돌아간다. 다른 차원의 세상에 떨어진 것 같다. 이상하다. 내 시간은 멈췄는데, 세상의 시계는 돌아간다.

그날의 새벽을 떠올린다. 이불속에 누워 눈을 감고 너를 상상한다. 견디기 힘들다. 네가 보고 싶다. 보고 싶다는 말로밖에 표현할 수가 없다.

네가 만든 블랙홀에서 나는 언제쯤 빠져나올 수 있을까. 네가 좋아했던 노래를 들으며, 조용히 눈물을 훔친다.

이제 아무렇지 않아

당신의 웃음, 당신의 향기, 당신의 손길
그런 것들 없어도 나, 잘 살아갈 수 있어

혼자서도 잘 이겨내고 있고
잘 참아내고 있고 외롭지도 않아

당신이 언제 내 곁에 있었나 싶을 정도로
이렇게 잘 살고 있어

그러니까
잘 지냈냐고 묻지 말고
보고 싶었다고 말하지 말고
아프지 않았냐고 걱정하지 말고
사랑했었다고 통보하지 마

당신의 말, 당신의 목소리, 당신의 모든 것 없이도
나 이렇게 잘 살아가고 있으니까

부디 텅 빈 안부는 묻지 말아 줘

밉다가도 그리운, 이별

13월
/
49일

후회 없이 사랑해야 돼

지난 추억들이
눈부신 아름다움으로
기억될 수 있도록

밉다가도 그리운, 이별

장마가 싫다.

처마 끝에 주르륵 흘러내리는 빗줄기가 꼭 내 기분을 닮
았다. 소리 없이 숨죽여 우는 가슴이 몸부림친다. 그래,
언젠가 너는 비가 오는 날을 좋아한다고 했다.

갑자기 떠나버린 어떤 마음엔 허전함이 남아있을 줄 알
았다. 그럼 너의 그 허망함이 나를 붙잡을 줄 알았다. 그
러나 너는 그러지 않았다. 내 마음에 네 이름은 밥그릇에
말라붙은 밥알처럼 붙어있기만 했다. 음식물 쓰레기 더
미에서 맴도는 날파리처럼, 지독하게도 떠올리게 했다.
나는 너에게 어떤 존재였나. 이별 후 아무렇지 않은 네
모습을 볼 때면 나는 스스로 비참한 질문을 던졌다. '한
때 나는 너에게 어떤 존재였느냐'고.

며칠째 무거운 머리를 벽에 기대고만 있다. 죽은 눈빛이 창밖을 향하고, 그 시선을 따라 우리의 과거로 건너갔다. 그 세상에서의 너는 언제나 나를 사랑해줄 것 같이 웃고 있다. 나 없이는 죽어도 못 살 것 같단 눈빛으로 나를 바라보고 있다.

비가 속절없이 퍼붓는다.
이래서 나는 장마가 싫다.

13월
/
51일

밤하늘에 우리의 시간을 흘려보낸다.

세상은 어떻게든 살아진다. 네가 없으면 죽을 것 같았지만, 꼭 그렇지만도 않더라.

그런데 하늘을 올려다봐도 널 지울 수 없을 땐 어떻게 해야 할까. 무엇으로도 널 잊을 수 없을 때 나는 그저 울어야 하는 걸까. 울기 시작하면, 눈물은 불투명한 마음을 닦아 그리움을 더욱 선명하게 만든다. 네 모습을 더욱 더 또렷하게 한다. 울면 울수록 그리운 네 손길은 뜨겁게 내 이마를 짚고, 머리칼을 흩트려 놓는다.

너에게 길든 모든 것들이, 네가 그립다고 아우성친다. 비명을 삼키며 가슴을 마구 두들긴다. 그럼 아파서 더 웅크리게 되고, 나는 널 더 원망하게 된다. 속으로 되뇐다. 네가 떠났다, 네가 밉다, 네가 싫다, 그래도 네가 그립다고.

밉다가도 그리운, 이별

별빛이 선명한 밤하늘을 올려다보면, 네 얼굴이 짙게 떠오른다. 언젠가 네가 돌아올지도 모르겠다는 작은 기대가 또 나를 망쳐 놓는다.

어쩌면 넌 날 잊은 걸까. 나만 너를 그리워하며 몸살을 앓는 걸까. 날 떠난 네가 원망스럽다가도, 돌아오지 않을까 기대했다가도, 왜 떠났을까 의문이 들었다가도, 나를 이렇게 만든 네가 또다시 밉다.

우리가 은하수였다면 어땠을까. 그럼 이 끝없는 하늘길을 함께 손잡고 걷고 있지 않았을까.

내게 은하수처럼 와라.

별빛이 되어, 밤하늘 어딘가에서 표류하고 있는 나를 꼭 찾아줬으면 좋겠다.

 헐거운 외투 사이에 차가운 손을 찔러 넣는다. 겨드랑이에 고스란히 전해지는 냉기가 허전한 옆구리를 또렷하게 비춘다. 고독에 갇혀, 그것이 정답인 양 걷기 시작한 세월은 후회만 남겼다. 너 없이 지낸 삶은 정답이 아니었음을, 그때의 나는 전혀 깨닫지 못했다. 지금도 그 오답이 정답이라고 빼곡히 쓰고, 동그랗게 구겨 목구멍에 밀어 넣는 중이다. 다만 나는, 그때 나의 실수를 부정하고 싶을 뿐이다.

 어떤 밤은 너를 핥고 거칠게 만졌던 행위를 떠올린다. 너는 내 손길에서 사랑이 전혀 느껴지지 않는다고 했다. 그때 나에게 관계는 결핍을 채워주는 하나의 수단일 뿐이었다. 쾌락에 이어 고통이 함께 수반했던 그날 밤은 너에겐 잊고 싶은 기억이라고 했다. 그때 좀 더 따뜻하게 널 안아주지 않았던, 굶주린 짐승처럼 네 맨살을 탐하기만 했던 내 모습이 참담하고 부끄럽다.

그것은 사랑이 아니었노라고, 이제야 어리석은 자신을 꾸짖는다.

나는 언제나 어렸고, 너는 언제나 성숙했다. 내게 인생의 방향을 가르쳐 줬던 건 너였다. 결국 나는 네가 없는 시간 동안 이방인처럼 방황하며 살았다.

오랜 시간 지내온 고독은 단단한 철창 같다. 네 그림자에 구속되어 벗어나지도 못한다. 계속 걷고 있으나 어디로 가야 하는지, 어디에 정착해야 하는지도 모른다.

너라면 정답을 알고 있을까.

차가운 옆구리를 어루만지며, 따스했던 네 마음을 그린다.

13월
/
53일

 내가 당신을 잊지 않겠다고 다짐했던 밤은, 어쩌면 당신
에겐 거짓말처럼 들렸을지도 모르겠다. 당신은 아무 말
도 하지 않았다. 믿지 못했던 걸까, 아니. 믿지 않겠다는
뜻이었을까. 장거리 연애는 참으로 잔인했다. 나는 시간
이 흘러도 언제나 당신을 그리워하겠노라 약속했다. 늘
당신을 생각하며, 천천히 그 시간을 거닐어 보겠노라고.
내가 다시 당신을 찾았을 때, 완벽히 당신과 가까워졌을
때, 내민 내 두 손을 꼭 잡아 주라고, 그러니 우리 꼭 헤
어지지 말자고 했다. 그러나 지나고 보니 그것은 부탁이
아니라 통보였다.
 당신은 대답하지 않았다. "그래"라고도, "아니"라고도.
굳게 다문 입술에서 새어 나온 숨 막히는 침묵은, 결국
걷히지 않았다. 내게 안부를 묻거나 전하지도 않았다. 그
렇게 나 홀로, 당신 없는 세상을 걷기 시작했다.

밉다가도 그리운, 이별

당신이 없는 하루는 당신의 세상에 갇혀 있었다.

당신이 없는 사흘은 아무것도 하지 못했다.

당신이 없는 이레는 당신 생각에 괴로웠다.

당신이 없는 보름은 그래도 살아야겠다고 다짐했다.

당신이 없는 그믐은 당신과의 추억을 지워 보려 했다.

 그렇게 당신의 침묵처럼, 나도 당신을 묻었다. 삶에 대한 우울함이, 당신에 대한 불확신이, 지난 추억에 대한 괴로운 그리움이 하루하루 나를 덮쳤다.

"잘 지낼까?"는 '잘 지내겠지'로.

"나를 그리워할까?"는 '나를 잊었겠지'로.

"당신도 아플까?"는 '당신은 아프지 않겠지'로.

어느 때는 당신에게 사랑하는 마음을 비치고 싶어 안달

이더니, 오늘은 그 마음 때문에 아프다. 마음은 자꾸만 머리에게 당신의 아름다운 미소를 떠올리게 했고, 당신의 부드러운 목소리를 맴돌게 했고, 당신의 따뜻한 온기를 그립게 했다.

얼마나 더 많은 시간이 흘러야 당신에게서 벗어날 수 있을까. 나는 이따금 우리의 무너진 세상에 서서, 하늘을 올려다본다. 그래도 어딘가에서 당신은 나를 기다리고 있지 않을까. 사실은 나만큼이나 아프고, 힘들지 않을까.

그러나 언젠가 당신이 침묵으로 일관했던 것처럼, 그 이후의 시간에도 확실한 대답을 보내주지 않았다. 당신은 당신만의 답을 알고 있지만, 나는 당신만의 답을 알지 못한다. "그래" 인지도, "아니" 인지도.

당신을 잊는 것이 맞는 걸까. 아니면, 일말의 기대를 안고 당신을 잊지 않는 것이 맞는 걸까.

이제 우리의 세상이란 없다는 걸 알면서도 나만 홀로 당신을 기다린다.

당신을 뻔뻔하게 사랑했던 어떤 얼굴이
입김서린 창가에 가서 마른 입술을 적신다.
아직는 잊으리라 다짐하면서, 그저
메마른 아랫입술만 깨문다.

밉다가도 그리운, 이별   135

13월
/
54일

그대여.

그 숱한 밤들을 그대는 어찌 견디어 오셨나요.

어둠이 내린 그 길을 어찌 혼자 걸어오셨나요.

내가 그대를 헤아리지 못한 시간만큼

그대가 산산조각 난 마음을 붙여보려 애쓴 만큼

그대는 그 수많은 시간 동안 홀로 울고 있었나요.

그대여.

그대에게 상처 준 존재를 내가 대신 베어주지 못해

그대가 잊고 싶었던 존재를 내가 지워주지 못해

그대는 그동안 날 원망하며 지내 오셨나요.

그대여.

나는 그대의 미소 뒤에 가린 아픔을 알지 못했고

당신이 애써 괜찮아하던 마음을 외면했고
그럼에도 그대에게 최선을 다했단 내 이기심으로

어둠에서 울고 있던 그대의 등을
안아주지 못했습니다.

당신의 그 울분을 내게 쓸어 보내소서.

당신이 견디지 못할 밤들을 내가 전부 끌어안고
당신 대신 기꺼이 아프겠습니다.

당신이 아픈 것보다 내 마음이 아픈 것이
훨씬 더 평안할 것입니다.

내 마음 하나 달아 놓았더니 너는 무겁다고 했다
혼자서도 벅찬데 어떻게 함께 살겠냐고 했다

가슴에 오직 너뿐이어도 나는 매일 행복할 텐데
너는 깊은 한숨으로 대화를 갈무리했다

네가 내게 말했다
진심이기 때문에 무거운 것이라고
사랑만으로는 해결하지 못하는 것들이 있다고

내가 네게 물었다
시간을 초월해 만나는 것
밤하늘의 별을 따다 안겨주는 것
하얀 파도를 그러쥐어 마음을 깨끗이 씻겨주는 것
해결하지 못하는 건 그런 것들인지를

밉다가도 그리운, 이별

너는 힘들다고 했다
나의 가치관은 비현실적이어서
나의 순진한 사랑을 훼손시키는 것만 같아서
그래서 죄를 짓는 것 같다고 했다

너는
낭만을 굴리는 일 따위가
거창한 사치 같다고 말했지만

나는
다른 사람이 아닌 너이기 때문에
낭만을 굴리는 일 따위가
소중한 것이라고 말했다

너는
나의 이런 생각이 우리가 헤어지는 이유라고 했다

밉다가도 그리운, 이별

우리는 길 위에 서서
서로를 바라보고 있었다

손을 뻗으면 잡을 수 있는 거리
마음을 보면 알아볼 수 있는 거리
눈물을 흘리면 닦아줄 수 있는 거리

그러나 몸이 멀다는 핑계로 우리는
가까울 수 있는 거리를
멀다고 치부해버렸다

아니다
우리가 아니라 내가
그렇게 단정 지어 버렸다

뒤늦은 변명으로는
돌아선 당신을 잡을 수 없었다

나는 아직도 그 길 위에 서 있다

손을 뻗으면 잡을 수 있는 거리
마음을 보면 알아볼 수 있는 거리
눈물을 흘리면 닦아줄 수 있는 거리

그 정도의 거리가 아직
우리에게 남아있기를 바라면서

오늘 아침은 빨래를 했어요.

바람이 차네요. 살이 아플 만큼, 뼈가 시릴 만큼요. 그렇지만 싫지 않았어요. 겨울의 품에 있으면 어쩐지 온몸이 깨끗해지는 느낌이에요. 내 몸도, 내 머리도, 그리고 얼룩진 내 마음도요.

마당 한 편에 쌓인 눈은, 새침한 바람과 그 바람에 풀이 죽은 햇볕 사이에서 겨우 제 찬기를 지키고 있어요. 얼음이 될까, 눈으로 남을까. 시간이 흐를수록 단단해지는 찬기는 언젠간 차갑게 누그러지겠죠.

완벽하지 않은 날씨에 축축한 빨래는 그리 멋지지 않아요. 어쩌면 말리지 않은 채로, 한쪽 귀퉁이가 얼어버리겠죠.

그래도 괜찮아요. 오늘은 그냥 빨래가 하고 싶었어요.

당신을 떠나보낸 지 딱 반년이 지났어요.

나, 조금씩 이겨내고 있어요.

당신 없이 빨래도 할 수 있고, 추워도 스스로 두 손 녹일 수 있고, 마당 한 편에 쌓인 눈도 치울 수 있죠. 당신이 없으면 아무것도 할 수 없을 것 같았는데, 보세요. 저 이렇게 잘 지내고 있어요.

당신이 있는 그곳은 어떤가요? 그곳은 따뜻한 봄이었으면 좋겠어요. 봄바람 같은 당신의 입김이 얼어붙은 내 몸과 마음을 녹여주었으면 좋겠어요.

당신이 없어 완벽하지 않지만, 그래서 축축한 빨래가 그리 멋있지도 않지만, 그래도 괜찮은 하루입니다.

그래도 괜찮아요.

오늘은 그냥 빨래가 하고 싶었어요.

13월
/
58일

내 가슴에서 송두리째 들어낸 너는

지금의 네가 아니라

날 보며 해맑게 웃던 언젠가의 너다

밉다가도 그리운, 이별

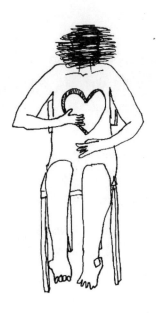

13월
/
59일

 조금씩 변한 기억은 잔인하리만큼 행복해 보였다. 분명 아팠던 순간도 있었을 텐데, 견딜 수 없을 만큼 화가 났던 때도 있었을 텐데. 나는 사실 잘 모르겠다. 왜 그렇게까지 너에게 집착하는지를.

 온갖 상처를 끌어와 쥐어짜고 있단 느낌이 든다. 그다지 슬프지 않은데 더욱더 처절하게 슬픔에 잠겨, 불투명한 옛 추억을 검게 칠하고 있다.

 괜찮다고 말한다. 그러면서 타인을 만나고 싶지는 않다고 한다. 연애하기는 싫다고 한다. 나는 외로운 걸까, 아니면 외로운 척하는 걸까. 너를 잊었다곤 했지만, 그저 사람이 싫어 혼자가 좋다곤 했지만, 나는 정말 어떤가. 모르겠다. 진짜 내가 원하는 게 무엇인지.

 괜찮다는 말로 얼버무리기엔, 네가 있던 자리가 너무도 시꺼멓다. 그림자라고 생각했는데, 내가 칠해놓은 것이었다. 물수건으로 닦아내고, 빗자루로 쓸어봐도 여전히

밉다가도 그리운, 이별

깜깜했다. 왜, 이제 너는 없는데, 이제 나는 비로소 혼자
가 되었는데… 나는 왜 네 자리를 스스로 지울 수조차 없
는가.

 옛날의 널 닮은 분위기만 남아 내 주변을 맴돈다.

 조금씩 틀리지만, 전혀 틀리지 않는 모습들.

 그 어렴풋한 분위기가 남아 나를 따라다닌다.

당신이 떠다 준 외딴섬 등대 불빛은
진득하게 앓고 일어난 내 눈 밑에
없어지지 않고 맺혀 있네

검은 바다가 밀려 보낸 당신의 주검이
별을 떠안은 피부를 일렁이며
내 혼도 내놓으라 하네

당신 없는 밤
새벽달과 아침 해는 떠오르지 않는다네

눈물로 지은 옷을 차려입고
맨발로 집 밖을 나섰다네

산 아래 자리한 작은 집들의 어렴풋한 창 빛도
어둠을 이기지 못했다네

검은 바다가 날 게걸스럽게 잡아먹네
난 당신을 만날 수 있길 고대하며
찬 바다에서 숨을 쉬었다네

아, 차갑다
당신이 있는 먼 세상은 차갑겠지만
마주한 우리의 영혼은 그 어느 때보다
따뜻하겠네

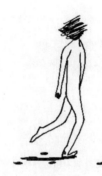

밉다가도 그리운, 이별

내가 하고 싶던 말은 "밉다"가 아니라, "미안해"였다. 네가 버티지 않고 먼저 이별을 말해주길 바랐던 간사한 그 마음 때문에, 차마 먼저 입을 뗄 수가 없었다.

기대에 차지 못해 미안하다.
사랑한다 속삭이지 못해 미안하다.
널 사랑하지 못해 미안하다.

너는 언제나 최선을 다했지만, 내가 그 마음만큼 따라가지 못했다.

네 입술에서 끝내 터져버린 마지막 말이, 뒤늦게야 내 가슴에 부딪힌다. *너는 나처럼 아프지 마.* 이상하게 그 말이, 무딘 날 아프게 한다.

네 잘못이 아니다. 내 속도가 더뎠던 탓이다.

13월
/
62일

이름아.

언젠가 나는 죽어도 좋을 만큼 너를 사랑했었다. 거리가 멀어 닿을 수 없는 곳에 있을지라도, 내 몸 다해 노력하면 너에게 가까워질 수 있다고 믿었다. 너는 조금씩 나를 받아들일 준비를 했고, 나 또한 그렇게 천천히 너에게 다가가고 있었다.

이름아.

나는 가끔 우리의 찬란했던 밤들을 떠올린다. 밤새 전화를 붙잡고, 네가 보고 싶다고 몸을 비틀던 새벽이 나는 그립다. 그땐 그 시간들이 참 괴로웠는데, 왜 지금은 그때로 돌아가고 싶은 걸까. 어린아이처럼 떼쓰지 않고 의연하게 기다릴 수 있다고 생각하는 걸까. 나의 모진 행동들로 너를 지치게 만들어버린 걸 후회하는 걸까.

밉다가도 그리운, 이별

이름아.

조급한 내게 느긋함을 심어줬던 너야말로, 많이 힘들었던 게 아닐까. 태우지 못한 옛 사진을 들춰보며, 아련한 네 모습을 잊지 않으려고 애쓰는 내가 이젠 힘들다. 나는 몇 달을 널 찾아 헤매고 있는데, 이제 너는 날 잊어버린 게 아닐까, 나는 가끔 그런 것들로 괴로운 밤을 보낸다.

이름아. 부를 수 없는 이름아.

그래도 언젠가 넌 나를 사랑했을 것이라고, 난 애써 그렇게 되뇔 뿐이다. 다만 난 네가, 어디 아프지 않고 그저 건강하길 바란다. 네가 날 지우고서 비로소 속 편히 하루를 달려 나갈 수 있게 되었다면, 나의 비참한 새벽쯤은 괜찮다. 내가 없음으로 네가 홀가분해졌다면, 이제 나는 괜찮다.

그러니, 이름아.

어딘가에 살고 있다면, 부디 내게 한마디만 해주지 않
으련.

날이 선 안부래도 잘살고 있단 한마디만 전해주지 않
으련.

그럼 내가 칼을 삼키는 마음으로

오늘날 새벽을 아프게 떠안지는 않을 것 같다.

이별에 반항하는 고집은 애착이 불러일으킨 불안이다. 단지 끊어지고 싶지 않은, 내 간절한 소원일 뿐이다. 사랑은 애초에 가슴을 열어 보일 수 있는 게 아니다. 긴밀한 인연을 엮어 단단한 밧줄을 내린다 한들, 당신이 붙잡을 리 없다. 말은 실존하지 않고, 행동은 시간에 증발해버린다.

수긍하기 힘들어 애써 부정하면서도, 천천히 끝을 향해 걸었다. 견디기 힘든 날엔 더 치밀하고 계획적으로 변했다. '혹시'가 만들어 낸 헛된 상상은 이뤄질 수 없다는 사실에만 곤두섰다. 나는 그 상상 때문에 시들어 죽을 것 같았다.

다른 사람에게 참혹하게 흔들려버린 지난날의 내 뒷모습은 무척이나 작아 보인다. 실수였든, 회피였든 지금 내게 아무런 의미가 없다. 삶과 죽음 사이에서 시소를 타다, 문득 죽은 것처럼 살기로 한다.

산송장처럼 지낼 것이다. 몸과 마음에서 악취가 날 것이다.

죽어버린 영혼을 되살릴 수 있는 길은 '혹시'가 만들어낸 상상을 이루는 것이다. 그 세상에서 우리는 끝이 없는 수평선을 향해 걷고 있다. 억겁의 세월이 일년처럼 느껴질 것이다. 뭘 하지 않아도 된다. 그저 손잡고 서로의 목소리에 귀 기울여줄 수 있으면 된다.

넌 없지만 나는 기나긴 절망 속에서 상처를 핥으며 기다릴 것이다. 노랗게 곪아 오른 환부에 까무러쳐도 약을 바르지 않을 테다. 네가 오면 다 나을 것이라고 여기며 가만히 있을 것이다.

반틈으로 접고 또 접어도 없어지지 않는다
아주 작은 점이 되어 마음 구석구석을 굴러다닌다
눈앞에서 사라지겠다더니 작은 좁쌀 벌레처럼
벽지만 좀먹는다

빈 마음엔 지저분한 거미줄만 쳐 있고
온기 하나 없는 방바닥엔 먼지만 켜켜이 쌓인다

마음은 엉망진창에 냉기만 가득한데
너는 털어버릴 수 없을 만큼 작은 점이 되어
잊을만하면 나타나 내 가슴속에
굴러다닌다

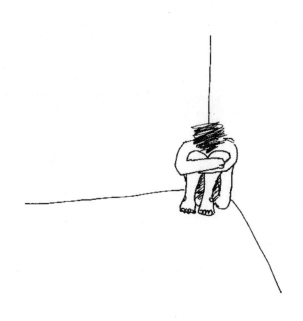

밉다가도 그리운, 이별

 당신은 그림자를 닮았다. 달아나면 달아날수록 더 악착같이 뛰어오는 그림자. 다른 사람을 만나도, 다른 일을 해도 당신은 늘 그 자리에 있다. 당신의 그림자가 곧 내 그림자이기도 했다. *잊지 마,* 당신의 빈자리는 꼭 내게 그렇게 말했다.

 당신을 똑바로 마주한다.
잊지 마, 그 말이 가슴을 시커멓게 물들인다.
당신에게 말한다. *이제 당신을 잊고 싶어.*
하지만 당신은 그저 미소짓기만 한다.

 당신의 그림자를
오늘도, 내일도 껴안는다.

밉다가도 그리운, 이별   161

13월
/
66일

당신을 사랑했다 말하고 싶었는지도 모르겠습니다.
내리쬐는 뙤약볕에도 웃을 수 있었던 것은
계절 끝에 당신이 서 있었기 때문입니다.

그날로부터 지구가 한 바퀴 돌았을 뿐이지만,
오늘날 여름은 내겐 견디기 힘든 계절입니다.

어느 때보다도 따가운 볕의 눈총과
아지랑이에 흐려져 버린 당신의 얼굴.
일렁이는 열기 사이 당신은 마치 우는 듯 보였고,
나를 기다리는 당신은 마치 지친 듯 보였습니다.

애초에 당신께 다가가지 않았어야 했을까요.
먼발치서 바라만 봤어야 더 행복했을까요.
아니라고 부정하는 당신을 두고 나는, 떠났습니다.
떠나지 말라는 당신을 두고 나는, 도망쳤습니다.

밉다가도 그리운, 이별

이기적인 사람이라 돌을 던지고,
울음을 터뜨리며 주저앉는 당신에게
나는 당신을 위해 그리하였다 답했습니다.

사실 당신이 아니라
내가 상처받지 않기 위해서
당신을 떠났음을 인정하지 않았습니다.
못된 사람이 되고 싶지 않아 당신 핑계를 댔습니다.

다시는 닿을 수 없는 당신에게
이제야 죄를 진 마음으로
힘겹게 당신을 지워 보겠노라고
이렇게 당신을 가슴에 묻겠노라고

마침표는 그렇게 천천히 백지에 스미고
아프기 싫었던 나는 스스로 상처를 남겼습니다.

밉다가도 그리운, 이별   163

괜찮아.
너 없이 걷는 시간은 아프겠지만, 괜찮아.
그래도 가끔 네가 보고 싶어서
참을 수 없는 날이 있어.
괜찮았는데, 아주 가끔은, 괜찮지 않을 때가 있다.

하얗게 부서져 바닷바람을 타고 너울너울 떠난 널
어디로 가야 만날 수 있을까.
수평선을 달리면 끝에서 만날 수 있을까.

다시 돌아오겠다고 해놓고 말없이 떠나버린 게
행복해서 아픈 추억만 만들어 놓고 간 게

다 이유 있는 것들이었다면
돌아오라고 말하고 싶어.

우리가 계속 함께였다면 지금 웃고 있을까, 울고 있을까.

타고 간 바람 따라 돌아와. 새하얗게 부서지지 말고, 뜨거워지지 말고, 차갑게 있어. 네 입술에서 도망친 생기를 잡아넣고, 편안하게 다시 눈을 떠. 파리하게 야윈 피부는 부풀리고, 꺼진 심장에 힘을 줘. 그래, 그렇게 다시, 일어나 보면 안 될까.

붉은 입술로 내 이름 한 번, 다시 불러주면 안 될까.

뜨거운 가슴으로 사랑한다고 한 번, 다시 말해주면 안 될까.

속 썩일 일만 만들어서 너에게 미안했다고 말하는 내 목소리에 한 번, 귀 기울여주면 안 될까. 안 될까, 다시.

미안해. 이런 욕심, 다시 부리지 않기로 했지.

넌 오래전 떠났는데 이 욕심은 도무지 버려지질 않네.

괜찮아.

너 없이 걷는 시간은 아프겠지만 괜찮아.

그래, 괜찮아, 하고

내 그리움 맴돌고, 또 맴돌아

네가 하얗게 사라진 수평선을 달리고 싶어지겠다.

우아한 말에 달린 작은 창. 손을 뻗어 잡고 싶은 당신의
뒷모습은 창밖으로 사라진다. 다시 돌아올 거란 약속은
포옹의 온기처럼 은근하다.

'사랑한다'는 말에 창문이 있다. 당신은 오늘도 그 창문
으로 들어왔다가, 그 창문으로 나간다.

노을 녘에 부서진 마음을 흘립니다.
당신께 마음이 전해지길 바라며 편지를 띄웁니다.

그러나 편지는 찢기고
당신은 주먹 쥔 손을 펴선 산산이 조각난 나의 마음을 보
였죠. 당신의 손바닥에 놓인 낡은 밤하늘은 처참해서 볼
수 없었습니다. 나는 참담한 마음으로 조각들을 하나하
나 주워 다시 이어 붙였습니다.

눈물이 마르지 않는 이유는
소중하다고 생각했던 지난 밤의 시간들을
없던 일로 되돌려야 하기 때문일까요?

나에게는 소중했던 당신과의 밤이
당신에게는 불필요했던 지난날의 배설일 뿐이란 걸
나는 인정하고 싶지 않았던 걸까요.

13월
/
70일

널 잊지 않으려 무던히 애쓰는 오늘에서야
내 인생에서 주인공은 너였던 걸 알게 됐어

헤어져도 잘 살 거라고 했던 너의 말과는 다르게
내 인생은 뒤집힌 그릇처럼
먹을 수 없는 요리가 돼버렸어

너 없는 긴 시간이 덧없이 흘러갔어
그사이 널 잊지 못한 채 나는 계속
원망하고, 갈망하고, 미워하고, 그리워했지

내 실수였어
너와 헤어지고 싶어 안달 났던 게 아니라
너를 잠시 잊고 있어서 이렇게 됐던 거야

넌 내게 왜 그렇게 매정하게 굴었냐고,
좀 더 상냥할 순 없었냐고 화를 냈지만,
난 단 하루도 널 미워한 적 없었어

네게 퉁명스럽게 대했던 내 모든 행동에도
사랑이 묻어 있었다는 말이야

널 붙잡는 이유도 그래서야
널 싫어했다면, 이렇게 애원하지 않았겠지

네가 괜찮다고 할 때까지, 나
여기 이 자리에 서 있을 테니까
마음 바뀌면 언제든 돌아와

그땐 미안하다는 말 대신
사랑한다고 해줄게

고요가 쌓인다
먼발치서 들려오던 발소리는 재가 되어 날리고
눈앞에서 목소리가 일렁이더니 이내 타들어 간다

어둑한 밤에 새까만 눈동자는
어둡다기보다 빛이 나서
나는 한참 그 눈을 바라보았다

어디에 있었냐고 묻는다
왜 이제야 왔냐고 묻는다

가슴에 묻었던 널 다시 꺼내는 동안
죽어있던 널, 차가웠던 널 다시 살리는 동안
침묵이 쌓인 너의 마른 어깨를 만지는 동안
나는 쉴 틈 없이 네게 묻고 또 묻는다

내가 보고 싶지 않았느냐고

긴 세월 내가 흘린 눈물에 축축이 젖은 너는
옷깃에서 뚝뚝 떨어지는 물기를 그러쥐며
낮게 속삭인다

너는 또렷한 눈빛으로만 남아
내 온몸 가득 너의 향기와 채취만 묻히고 간다

네가 묻히고 간 그 느낌이 너무 슬퍼서
나는 무릎을 끌어안고 울었다

보고 싶었어, 그리웠어, 진심으로 사랑했어

나는 이 침침한 어둠에 갇힌 채로
너의 그 한마디만을 내내 기다려왔는지도 모르겠다

무심한 나를 용서하세요.

내가 당신을 정말 사랑했다는 것만 알아주세요.

내가 떠난 이유는 '고작'인 제 마음 때문입니다.

우리의 사랑은

처음 비행을 시작했을 때부터 삐걱거렸어요.

금방이라도 땅으로 곤두박질칠 것처럼 말입니다.

당신이 이 비행기의 운전대를 잡고 있었기 때문에

누구보다도 결과를 가장 잘 알고 있었겠죠.

'어린아이 같다'는 말은 순진한 것처럼 들리지만, 반대로

본능적이고 이기적이라는 말이기도 하죠.

당신의 그런 모습에 반했던 내가

당신의 그런 모습 때문에 떠나게 된 것을
원망하지 말아요.

당신이 날 밀어낼 때, 곁에 있으려고 안간힘을 썼고
당신이 내게 무심했을 때, 내가 더 사랑하면 된다고 했고
당신이 변명할 때, 전부 이해해 보려고 했어요.

그래도 괜찮았어요.
당신을 진심으로 사랑했으니까.

이별을 결심했을 때는 정말 많이 흔들렸어요.
하지만 흔들림을 다시 붙들어준 말도 그 말이었어요.
'정말 잘하겠다'는 당신의 거짓말.

울지 말아요. 슬퍼 말아요.

내가 당신의 손을 빨리 뿌리쳐버린 만큼,
당신의 슬픔도 길지 않을 거예요.

힘들어서 못 해 먹겠다는 말 대신
우리는 맞지 않는 것 같다는 말 대신
당신에게 진심으로 하고 싶은 말이 있어요.

나 없다고 밥 거르지 말고
인생이 다 끝난 것처럼 술에 의지해 살지 말고
때론 아파도 웃는 척하고
사람이 싫다고 밀어내지 말아요.

당신을 만나게 될 새로운 그 사람은 부디
당신과 잘 맞는 사람이길 바랄게요.

고마웠어요.
멀미를 심하게 앓았던, 연애라는 비행
평생 겪어보지 못할 값진 추억이라 여길게요.

밉다가도 그리운, 이별

슬픈 기억은 지우고
그저 짜릿했던 설렘으로만
당신을
기억할게요.

13월
/
73일

분명 함께 사랑했는데
왜 당신만 아프다는 건지
왜 사랑을 지키지 못했느냐 탓하는지
정말 알 수가 없다

그럼 당신은 나를 잘 알고 있었나
당신이야말로 진정 내 마음을 몰랐다

지금의 당신은 밉지만
옛날의 당신은 참 사랑스러웠다

우리의 추억은 행복했고
찬란하고 따뜻했던 순간이었고
지금도 다시 돌아가고 싶은 시간이다

이별의 아픔이
오롯이 당신의 것이라고 하지 마라

당신에게 '우리'가 소중했듯이
내게도 이 사랑은, 지키고 싶은 것이었다

 설레는 마음은 꿈결 같아서 때론, 깨어나고 싶지 않을 때
가 있습니다. 깨기 직전까지도 잘 모르던 외로움은, 눈을
뜨자마자 차가운 고독에 사로잡히게 했습니다. 당신과 함
께 가을볕을 맞으며 걸었던 길 위엔 당신의 흔적만 짙게
묻어 있습니다. 다른 이들은 맡을 수 없는, 나만이 기억하
는 당신의 향기 말입니다.

 바람이 파도처럼 밀려와 머릿결을 철썩거리며 넘길 때,
나는 순간 당신이 온 게 아닌가 했습니다. 당신이 부드러
운 손으로 내 이마를 훑고 머리칼을 쓸어 넘겼던 어떤 계
절이 떠올랐습니다. 입가에 행복을 묻히고 얄밉게 달아난
당신의 뒤를 따라 나도 달립니다. 당신이 점점 더 멀어져
잡을 수 없을 때 즈음 나는 깨달았습니다. 아, 이 모든 게
꿈이구나.

 눈을 뜨면 당신은 없습니다. 당신의 빈자리에 손을 대 만
져봅니다. 분명 방금까지도 당신이 있었던 것 같은데, 차

갑습니다. 그게 슬퍼 또 주저앉아 버렸습니다.

 내게 당신의 향기가 묻어 날아가지 않고, 내 입술에 당신의 숨이 느껴져 나른하고, 내 머리카락에 당신의 손길이 남아 아직도 설렙니다. 그렇습니다. 아직도 나는, 당신을 잊지 못했습니다. 사계절이 돌아 가을에 닿았는데, 당신은 여전히 없고, 나만 홀로 당신을 기다립니다.

이제나 오려나요.

언제나 그랬듯, 가을볕 따라 더디게 오겠지요.

그렇게 기다릴 뿐입니다.

13월
/
75일

 너를 간절히 잊고 싶었다. 내가 못 해준 것들만 생각나 남
몰래 눈물로 마음을 닦았다. 슬픔으로 어둑한 밤을 씻을
때마다 나는 더 비참해졌다. 너에 대한 아쉬움만 선명해
져서, 나는 이름만 남은 너를 붙잡았다. 문자를 보낼까, 집
앞엘 갈까 망설이다 겉옷을 입었다.
 하얀 달이 검은 구름에 가려지는 것을 나는 눈물로 수없
이 걷어냈다. 눈을 비비며 하늘을 보면, 구름은 얄궂게도
달을 감추었다 보였다 했다. 그날 새벽, 구름에 숨은 달처
럼 너는 나오지 않았다.
 '혹시'라는 마음으로 몇 달을, 몇 년을 보냈다. 시간은 네
얼굴도, 네 목소리도, 너를 얼마나 좋아했었는지조차도 희
미하게 만들었다. 그런데 왜 가슴은 이따금 널 생각나게
하는 걸까.
 다 잊어버렸는데, 네 이름만은 잊지 못하겠다. 다 지웠는
데, 흐릿한 네 뒷모습만은 잊히지 않는다.

밉다가도 그리운, 이별

널 잊자고 마음을 다잡기엔, 네 빈자리가 아직도 뜨거워서 나는 다른 사람을 앉히지도 못했다.

다시 널 만날 수 없다는 게 시간이 흐를수록 더욱 선명해져 가는데, 나는 아직도 네가 아닌 다른 사람을 만나지 못했다. 어딘가 너와 비슷한 사람이 온다면 그럼 마음을 열수 있을까. 그마저도 너에게 미안해 마음을 더욱 굳게 걸어 잠글 것 같다.

그냥 한 번이라도 좋으니 길을 가다 우연히 널 만나고 싶다.

안녕? 잘 지냈어?

심심한 안부로 너에 대한 애증을 끊어버릴 수 있을까.

너 없이 나, 이대로 괜찮을까.

네가 없는 빈자리에 대고, 나직이 내뱉는 말.

13월
/
76일

울먹이는 밤, 웅성거리는 눈들, 가슴에 축축이 내려앉은
별빛들. 우울이 물든 밤을 비틀어 짠다. 반짝거리며 떨어
지는 눈물이 턱밑과 무릎을 적신다. 가혹한 것들에 대하
여, 촘촘히 짜 맞춰지는 불신에 대하여 생각하다, 건강한
마음에 대한 열망을 품는다. 불안으로 깔짝깔짝 긁은 마
음은 얼얼한 상처가 되고, 거즈로 붉은 부위를 덮는다.
붉은 그리움이 물든다. 검은 우울과 붉은 아픔에 젖은 상
처를 만지며, 긴긴 새벽하늘을 덧바르고 또 덧바른다.

그곳은 어떨까, 여기보다는 조금 더 나을까
아련한 마음을 넘어 아득해져서
괜찮다, 괜찮다, 하는 말로는 위로가 되지 않는
짙고 깊은 그리움으로
비어있는 마음에 당신을 끼워 맞춘다

13월
/
78일

당신이 계신 그곳은 어떤가요
나 없는 그곳에서 당신은 잘 지내고 있나요
이젠 아프지 않겠다던 말처럼
그곳엔 정말 아픔도 슬픔도 없나요.

날 두고 먼저 떠난 당신이 밉지만
저는 그래도 그럭저럭 잘 살아가고 있습니다

하얀 바람이 되어 긴 여행을 떠난 당신을 떠올리며
당신이 떠난 차가운 빈자리를 만지며

그래도 그럭저럭
살아가고 있습니다

밉다가도 그리운, 이별

밤이 깊으면 생각나는 이름이 있다.

그렇게 미워하고도, 밀어내고도 차마 잊지 못한 어떤 이름은….

유성으로 박힌 그 이름은, 찬물을 끼얹어도 박박 문질러도 닦이지 않는다. 무섭다. 평생 그 이름을 잊지 못할까 봐.

길을 걷다 보면 가끔 그 이름이 형상으로 튀어나오는 상상을 한다. 그가 있는 힘껏 나를 껴안고 머리칼을 어루만져 주는 상상을 한다. 나는 그날을 기다리고 있다가도, 한 편으로는 그날을 두려워한다. 눈앞에서 그를 마주하면 어떤 기분일까. 좋았다가, 이내 다 망가져 버릴 것 같은 느낌이 든다. 그 없이 잘 살 것이라고 다짐했던 것들이 와르르 무너져버릴 것만 같다.

이젠 나도 내 마음을 모르겠다. 그를 만나고 싶은 건지, 아닌지. 혼자 살 수 있을지, 없을지.

기다리지 않기로 했으면서 가슴에 적은 이름을 어루만지는 나는 진실하지 못하다. 눈을 비비며 못 본 체한다. 그렇게 거짓말에 익숙한 밤을 덮고, 개켰다가 또, 덮는다.

골목에서 그를 만나는 꿈으로 긴 밤을 긁는다. 서러운 꿈을 끌어안고 애통함에 저며 겨우, 겨우, 잠에 들겠지.

나의 아날로그에게

초판 1쇄 발행 2020년 6월 20일

지은이 | 김희영
펴낸곳 | 문학공방
출판등록 | 2018년 11월 28일 제 25100-2018-000026호
메일 | munhak_gongbang@naver.com

ISBN 979-11-965578-2-9 [03810]

* 이 도서의 국립중앙도서관 출판예정도서목록(CIP)은 서지정
보유통지원시스템 홈페이지(http://seoji.nl.go.kr)와 국가자
료종합목록 구축시스템(http://kolis-net.nl.go.kr)에서 이용
하실 수 있습니다.
(CIP제어번호 : CIP2020024477)